中公文庫

落語刑事サダキチ

神楽坂の赤犬

愛川　晶

中央公論新社

目次

第一話　放免祝い　7
第二話　身投げ屋もどき　117
第三話　神楽坂の赤犬　205
あとがき　303
解説　谷原秋桜子　308

落語刑事サダキチ

神楽坂の赤犬

第一話　放免祝い

本日は『火事息子』というお噺を申し上げます。昔はよく火事がございまして、そこへ野次馬之助《やじうまのすけ》なんてえのが集まってくる。ジャジャーンとぶつかるってえと、

「あらよっ！　どいたどいた。ほら、じゃまだ、じゃまだぁ」

なんてんで、手前《てめえ》の方がよっぽどじゃまなんで。こういう人は、毎晩寝る前に刺《さ》しっ子《こ》を着ましてね、草鞋《わらじ》を履いて、枕元に提灯《ちょうちん》を置いて寝ている。だから、ジャンと来ればそのまんま起き上がって、「あらよっ」……なるほど、早いはずです。

　別に火事場の手伝いに行くわけでも、見舞いに行くわけでもありません。辺りを見渡して、なるがたけ高いところで見物をして、

「おい。今年の火事は燃えるねえ。どうでえ。だんだん盛んになってきて……おや？　あんなとこに蔵があるね。ありゃ、いけないよ。だから、金持ちとはつき合いたくねえってんだ。せっかく威勢よく燃えてきたってのに、あそこで焼け止まっちまう。

えっ、止まらねえ？　あん中に火が入った……本当ですか。ははあ。黄色い煙《けぶ》が出てきやがって……なるほど。ガラガラッと崩れた。いやあ、どうもお世話様です」

　おかしなことを言いながら見物しておりますと、そのうちに三方とも火に囲まれてしまいます。いくら野次馬だって、命は惜しい。どこか逃れるところはないかってんで、前を見ると、川がある。川ん中までは焼けてこないってのはうまい考えです。

　ドブンと飛び込むてえと、お暇乞《いとまご》いの亀の子みてえに首だけ出している。ところが、素人《しろうと》ってのはどこか抜かりがあるもんで、肝心の頭巾《ずきん》を忘れてきた。火の粉が頭へ落っこちてきて、熱くてたまらない。何かしのぐものはねえかと思ったら、眼の前に便器《おまる》が浮いてきた。これを被ればいいと思って、手をかけると、中で「えっへん！」……もう入ってるやつがある」

1

山門の屋根の下に『毘沙門天《びしゃもんてん》』『善國寺《ぜんこくじ》』と書かれた白い提灯が飾られていた。

鎮護山《ちんごさん》善國寺は安土桃山時代に創建された日蓮宗寺院で、開祖は徳川家康《とくがわいえやす》、開山はのちに池上本門寺《いけがみほんもんじ》十二代貫主となった日惺《にっせい》上人。地元では『神楽坂《かぐらざか》の毘沙門様』として親しまれ、主なご利益《りやく》は開運と厄除け。土曜日の境内は多くの人出で賑わっていた。

今日から師走だが、ここ数日、季節外れの暖かい日が続いている。明るい日差しの中、玉砂利《たまじゃり》を踏みながら歩いていくと、本堂へ続く石段の手前に阿吽《あうん》一対の虎の石像があった。これは通称『石虎』と呼ばれ、毘沙門天が寅の年、寅の月、寅の日、寅の刻に降臨したことに由来している。

この一帯は昭和二十年四月の東京大空襲で焼け野原となったため、善國寺本堂も八年前に再建《さいこん》されたばかり。柱や梁《はり》、垂木《たるき》をはじめとする木組みの朱の色が眼に鮮やかだった。

普段通りに参拝を済ませ、何気なく腕時計に目をやると、時計の針は午後三時三十三分。

（えっ？　もう、そんな……しまった。時刻を勘違いしてた。あんなところで、長話なんかするんじゃなかったな）

舌打ちをし、石段を下り始める。坂の途中で古い知り合いに出会い、お互いの近況を語り合ったのだが、思っていた以上に長い時間を費やしていたらしい。

（これじゃ、昼の主任《トリ》に間に合わない。何のために来たのかわからないぞ）

大急ぎで神楽坂通りに出て、牛込橋《うしごめばし》方向へ進み、一本先の小道を右へ折れた。すると、目に入ってくるのが林立する寄席幟《よせのぼり》。三階建てのビルの壁面に瓦屋根風の飾りを取りつけて日本家屋の雰囲気を出し、赤い文字で『大入』と書かれた額を掲げている。一階部分の軒先には立《た》ち沢瀉《おもだか》の家紋入りの提灯がずらりと吊されていた。

ここが大正五年創業の寄席・神楽坂倶楽部《くらぶ》で、今日は十二月上席《かみせき》興行の初日。一年を通して演芸を楽しめる定席《じょうせき》の場合、一日から十日までを上席、十一日から二十日を中席《なかせき》、二十一日から三十日までを下席《しもせき》と呼び、楽屋内ではそのそれぞれを『芝居』と称していた。

売り場でチケットを購入して、ハンカチを取り出し、汗を拭いながら木戸口へ。

「はい。いらっしゃいまし。おや、平林《ひらばやし》さん、今日は非番ですか」

チケットのモギリをしていた表方《おもてかた》の男性に声をかけられる。これはどこの寄席にもいる案内係のことで、藍色の半纏《はんてん》を着ていた。

無言でうなずいたけれど、実際には違う。当直勤務は午前八時半から二十四時間で、それが開けた日が『非番』となる。今日はそうではなく、単なる休日、業界用語を使えば

『公休』だ。

（別にこだわってるわけじゃないが、今時、そんな言葉を使うのは警察くらいだからな。誰かの耳に入ると、面倒が起きかねない）

そんなことを考えながら半券を受け取り、入場しかけると、

「そうそう。稲荷町《いなりちょう》から頼まれてたんだ。平林さんがおいでになったら、楽屋に寄ってほしいそうですよ」

「え……ああ、なるほど。わかりました」

右脇を向くと、浅葱《あさぎ》色に黒の文字で『林家《はやしや》正蔵《しょうぞう》師匠へ』と書かれた幟。

「それはそうと、昼の部のトリはもう……」

「ええ。今さっき、お上がりになりました。まだマクラの途中だと思いますけど」

『マクラ』は、本題となる噺の前置きのこと。

「そうですか。だったら、早いとこ……」

神楽坂倶楽部の現在の建物は昭和四十三年に建て替えられたもので、入ってすぐが玄関ロビー。左右に狭い通路が伸びていて、右が楽屋、左がトイレへと通じている。客席は正面に見えるドアの向こうだ。

観音開きの扉をほんの少し開けると、高座の声が聞こえてきた。

「『……そんなこときいてやしないよ。何が、亭主だ。三両くらいの金ができなけりゃあ、豆腐の角へ頭ぁぶつけて、死んでおしまい』」

（三両の金？　ははあ、『穴泥』だ。やっぱり、間に合わなかったかあ）

取っ手をつかんだまま、平林は小さなため息をついた。

2

平林定吉《さだよし》は神楽坂署刑事課捜査一係に所属している。階級は巡査部長。

年齢は五十一歳だが、代々若白髪の家系なので、二、三年前からオールバックの髪はもちろん、眉毛まで真っ白になってしまった。そのせいで、時には十歳以上老けて見られることがある。

「『何だよ。お前《まい》は変なことを言うねえ。豆腐の角に頭ぁぶつけたら、豆腐の方が壊れちまうぞ』」

高座では女房と亭主の会話。客席は八分の入りだが、最後列の通路脇の席が空いていたので、そっと腰を下ろす。

「『壊れた豆腐は冷奴《ひややっこ》にも煮奴《にやっこ》にもならねえ。仕方がねえから、炒り豆腐にして……』

『おかずをこしらえるんじゃないよ！』」

ここで客席がどっと沸く。落語の中のギャグを『クスグリ』と呼ぶが、とぼけたクスグリとゆったりした口調とが絶妙に調和していた。

八代目林家正蔵師匠は明治二十八年生まれ。人情噺や怪談噺を得意とする昭和の名人の一人で、歌舞伎と同様の書き割りや三味線、太鼓などの鳴り物を使用する道具入り芝居噺の唯一の継承者でもあった。

大看板《おおかんばん》の落語家を住んでいる町名で呼ぶ慣習は古くからあり、八年前に亡くなった八代目桂文楽《かつらぶんらく》師匠が『黒門町《くろもんちょう》』で、今年九月に急逝した六代目三遊亭圓生《さんゆうていえんしょう》師匠が『柏木《かしわぎ》』。正蔵師匠の『稲荷町』は黒門町と同様、住居表示変更で消えてしまったが、だからといって、『東上野《ひがしうえの》六丁目の師匠』ではしまらない。

「『悔しいねえ、本当《んとう》に。三両ぐらいのお金ができなければ、豆腐の角に頭ぁぶつけて死んじまえってんだよ。どこへでも行って、こしらえてこい！』

『よおし。こうなりゃ、俺も腹ぁ立ったぞ。いいか。三両工面《くめん》してきたら、手前《てめえ》の横《よこ》っ面《つら》に豆腐を五、六丁叩きつけてやるから。行ってくらあ』

『どこで借りる気なんだよ』

『借りるとこなんざあるかい。拾うんだ！』」

……聞いていて、何だか身につまされてしまった。平林の家族は妻と短大生の娘が一人。妻の英子《えいこ》は三歳年下だが、勝ち気な性格で、夫婦喧嘩が勃発すると、十回のうち九回は亭主の方から頭を下げるはめになる。噺とは違って、金で苦労させたことはないが、刑事の仕事が多忙なため、家事はもちろん、子供に関することも一切任せきり。それが不満らしく、何かのきっかけで爆発してしまうのだ。

（考えてみれば、落語の中に亭主関白なんてほとんど出てこない。今も昔も女の強さに変わりはないのかもしれないなあ）

　そんなことを考えている間にも、トリの高座は先へ進んでいく。今日の演目は『穴泥』。泥棒が登場する落語は数多いが、その中でも名作の一つとされていた。

　三両の金がもとで夫婦喧嘩となり、女房に悪態をつかれた男が腹立ち紛れに家を飛び出し、フラフラ歩き回っているうちに、一軒の立派な商家の前へ出る。『こんな家なら三両くらいあるだろう』とつぶやき、眺めているうちに、二階の窓がすっと開いた。

「天水桶《てんすいおけ》の上に大八車《だいはちぐるま》が立てかけてある。ちょうどこれが梯子《はしご》というわけで、二階の屋根から天水桶の上。ひらりと地面へ飛び降りた。

『おい、義《よし》どん。早く行ってこようよ。旦那に見《め》っかったら大変だぜ』

『そうだねえ。急いで行こう』

『……何だい。泥棒かと思ったら、この家の若《わけ》え衆《し》が吉原《よしわら》で隠れ遊びだ。ふん。つまらねえ』」

天水桶は防火用の雨水タンクのこと。黒紋付の高座着の師匠はひょいと天井を見上げ、

「『はてな？　今の二人が降りてきたのをこう逆に、天水桶から大八車、二階の屋根へと行けば……入れるなあ。こうなったら仕方がねえ。三両だけ盗ましてもらおう』てんで、おかしなところで決心をいたしました。『貧《ひん》の盗みの出来心』というのはこれでございます」

『文七元結《ぶんしちもっとい》』『中村仲蔵《なかむらなかぞう》』『火事息子』など、大物の人情噺もちろん結構だが、平林はこの師匠が普段寄席で演じる軽い味わいの落語が大好きだった。

平林定吉が生まれたのは昭和三年。両親は渋谷区恵比寿《えびす》で雑貨屋を経営していた。高等尋常小学校卒業後、本当は中学校へ進みたかったのだが、戦争のためにそれを諦め、家業の手伝いをしたあとで、終戦の年の四月、志願兵として陸軍に入隊した。

戦後は混乱の中、苦労しながら高校へ進学し、二十一歳で卒業。その後、試験に合格して、警視庁巡査となった。そのまま三十年近く勤務を続けてきたのだが……実は彼、子供の頃から大の落語好きで、プロを志したことがあり、その入門先に選んだのが正蔵師匠だったのだ。

（あの時はせっかく入門を許可してもらえたのに、たった一日でそれが取り消しに……ああ、いけない。高座に集中しないと）

『穴泥』もそろそろ後半。首尾よく忍び込み、二階から一階へ降りてみると、何か祝い事でもあったらしく、広間にたくさんのお膳が並び、酒や料理が残っていた。空きっ腹だった男は大喜びで飲み食いして、あっという間にへべれけになる。

するとそこへ現れたのが赤ん坊。子煩悩な性格らしく、よちよち歩きの男の子をあやしているうちに、誤って穴蔵へ落ちてしまった。

「『……ああ、痛《いて》え。驚いたねえ。あの赤ん坊が柔《やわら》の達人だとは気がつかなかった。俺をこんなところへ投げ込みやがって……おや？　水があるよ。お湯屋《ゆうや》かい。おい、番頭さん、湯が温《ぬる》いよ。熱いのを出しとくれ。番頭さぁん！』」

江戸時代、土蔵のない中級以下の商家は家の中に穴を掘り、火事の際には大事なものをそこへ放り込んで逃げたのだ。穴の底には水があった。

店の主《あるじ》は泥棒に気づき、びっくり仰天。鳶《とび》の頭《かしら》に頼んで若い者をよこしてもらうが、こいつがとんだ食わせ者で、体の彫り物を盛んに自慢し、威勢だけはいいが、いざとなると、からきし意気地《いくじ》がない。それでも、穴蔵の中の泥棒を何とか説得にかかるのだが、

「『いいか。よく聞け。おいらはこちらの出入りの頭んちの居候《ゴンパチ》で、向こう見ずの勝《かつ》てえ

者《もん》だ。これから俺が降りてって、手前を小脇にかい込むから神妙にしろ』

『面白《おもしれ》えやつが来やがった。何でもいいから来い。降りてきたら、手前の踵《かかと》に食らいついてやる』

『食らいつく……ねえ、旦那。踵ってのは急所ですよ。そこを狙うんだから、この泥棒、酔っちゃおりません。あっしは角兵衛獅子《かくべえじし》じゃないから、手の方を先には降りられねえ』

『おい。何を言ってるんだよ』」

この噺で、平林が最も好きなクスグリがこれ。『逆立ちして梯子を降りる』をわざとこう言うのが、まさに落語のおもしろさである。

怖《お》じ気《け》づく勝を見て、主は一両のほうびを提案する。それでも怖がるので、すぐさま二両に値上げ。

「『えっ、二両ですか。どうもすいません。堅気《かたぎ》の旦那様の前で失礼でござんすが、こっちの腕には昇り竜で、こっちが下り竜。背中に般若《はんにゃ》が彫ってあって――』

『それはわかったから、早くしとくれ！』」

場内の笑いが大きくなり、『穴泥』はいよいよサゲへと向かう。一般的には『オチ』だが、プロはこちらの言い方を好むようだ。

「『何を言われたって、上がるもんか。この俺を生け捕ると言いやがったな。俺はタヌキやムジナじゃねえぞ。降りてこい！　手前の喉笛へ食らいついてやる』

『おっ、いけねえ。旦那、だんだん上になってきましたよ。喉はいけません。あっしはこれで御免被《ごめんこうむ》って……』

『おいおい。お前に行かれちゃ困ります。じゃあ、三両あげるよ、三両』

旦那のその声が、穴蔵にいる泥棒の耳に入り、

『ええっ、三両？　ああ。三両なら、こっちから上がっていこう』」

盛大な拍手。太鼓の音が鳴り響き、神楽坂倶楽部の昼の部が打ち出しとなった。

3

「平林さん、来てたのかい。この間は結構なお品を頂戴して、ありがとう」

神楽坂倶楽部の二間続きの楽屋。手前の部屋には座卓があり、窓際の座布団に正蔵師匠が腰を下ろしていた。

頃合を見計らって楽屋を訪ねたので、師匠はすでに着替えを済ませていた。白シャツに茶のカーディガン、グレーのズボン。両眼とも白内障の手術を受けているため、分厚いレンズの眼鏡をかけている。

すでに夜の部も始まり、隣の部屋のモニターから前座さんの『道具屋』が聞こえてきた。

「早速ご馳走になったけど、実においしい……ええと、何たっけね、名前。まあ、素麺《そうめん》は素麺なんだろうけど」

「はい。お届けしたのは温麺《うーめん》といいまして、宮城県白石《しろいし》市の名産です。手延べ素麺の仲間ですが、延ばす時に油を使用しないので、胃に優しいのが特長だと聞きました」

私用で宮城へ行ったのは一週間前。福島県との境に萬蔵《まんぞう》稲荷というお社《やしろ》があり、ご利益は商売繁盛と安産。平林の妻の姪が近々出産するので、夫婦でお参りし、お守りを授かってきたのだ。

「なるほど。陸奥《みちのく》の白石の萬蔵様か。聞いたことあるよ。せっかくの旅行だったのに、あたしみたいな者にまで気を遣わせて、すまなかったね」

「いえいえ。普段からお世話になっておりますので」

話をしているうちに開口一番が終わり、今年の秋に昇進したばかりの二つ目が高座に向かった。東京は前座、二つ目、真打ちという三つの階級がある。

「それはそうと、平林さん、『禅僧が素麺を食う』てえことわざ、知ってるかな」

「いいえ。存じません。そんなことわざがあるのですか」

「あまり知られてはいないけど、てんでものにこだわらない様子のたとえだそうだよ。あたしもそうありたいと念願してるんだが、まだまだ煩悩が多くてねえ」

お茶の入った湯飲みを手にして、さわやかに笑う。もちろんこれは謙遜で、師匠の人柄は清廉潔白。落語界の重鎮でありながら、今も家賃を払って長屋に住み続けているし、仕事を引き受ける際にも報酬の額は一切尋ねず、相場よりも多いと、あとで返すことさえあるそうだ。

（あの日、署長がよけいなお節介さえしなければ、俺も今頃、林家ナントカ蔵と名乗っていたかもしれないなあ）

ついそんなことを考えてしまう。幼い時から落語好きだった平林は高校時代、天狗連《てんぐれん》の一員として活動を始めた。『天狗連』はアマチュアの落語愛好団体の総称で、素人寄席のような催しを定期的に開いている。

警察官になったあとも休日に稽古を続けていたが、二十五歳の時、ついに自分の気持ちが抑えきれなくなり、熱烈なファンだった正蔵師匠が住む稲荷町の長屋を訪ね、弟子入りを志願した。熱意を買われ、入門を許可されたのだが、彼の失敗は事前に退路を断っておかなかったことだ。早速辞表を提出すると、署長が師匠に電話をかけ、『警官として前途有望なので、何とか諦めさせてください』。結局、わずか一日限りの弟子ということになってしまった。

（それ以来、桜田門株式会社の禄を食《は》んできたが……噺家《はなしか》の方が性《しょう》に合っていたような気がするなあ。巨大組織の一員というのは息苦しくて困る）

　その後、個人的なつき合いはなかったのだが、今年一月、神楽坂署管内で起きたある傷害事件をきっかけに、二十六年ぶりに再会を果たし、それ以降、頻繁に会っている。これは署内でも限られた人間しか知らないが、実は正蔵師匠はあのシャーロック・ホームズが裸足で逃げ出すほどの名探偵で、これまでにいくつもの難事件を解決に導いてきたのだ。

『……おう。何ができるんだい。花巻《はなまき》にしっぽくか。じゃあ、しっぽくを一つこしらえてくれ。どうでえ、寒いじゃねえか』

『今晩は大変お寒うございます』

　高座の声が聞こえてきた。演目は『時そば』。『穴泥』もそうだが、この季節にふさわしい噺をちゃんと選んでいる。

「つかぬことを伺いますが、師匠の『穴泥』では、金に困った男が最初から盗みをする気で店へ忍び込みますよね。たしか文楽師匠は、夜遊びに出る若い衆が戸締まりを忘れたのを見て、親切心から教えに行くという演出だったのでは……」

「民衆に対して防犯意識を啓蒙すべきところ、不謹慎とのお叱りかな」

「ち、違いますよ。お気に障ったのなら、お詫びしますが……」

「あははは。冗談だよ。あたしの『穴泥』はいろんな人のが交ざってるが、そこはおじいさんの型でね」

この場合の『おじいさん』は祖父ではなく、正蔵師匠が尊敬してやまない三遊一朝《いっちょう》老人のことで、師匠の芝居噺や人情噺の多くはそこから出ている。

昭和の初め、『あの世にも粋な年増がいるかしら』というしゃれた辞世の句を残して亡くなった一朝師匠には興味があったので、つい話し込んでいると、

『……おい。お前《めえ》んとこはしっぽくに竹輪《ちくわ》を入れねえのか。入《へえ》ってます？ おかしいじゃねえか。いくら探したって……あった！ 疑って悪かったぜ。丼の隅にへばりついてた』

ふと気づくと、『時そば』はすでに終盤。その時、楽屋に入ってきた人物がいた。

（ん……？ ああ、鰕三《えびぞう》師匠か。たしかこの芝居、次の出番だったな）

現れたのは佃家《つくだや》鰕三師匠。年齢は五十四、五のはずで、当然ながら真打ちだ。二藍縞《ふたあいじま》の着物に紺の羽織、博多《はかた》の帯《おび》、手には高座扇を握っていた。

（ふうん。ほとんどの人が楽屋で着替えるのに、高座衣装のまま……あっ、そうか。師匠の家はすぐ近所だった）

仕事柄もあって、署の管内に住む落語家はすべて把握していた。特に親しくはないが、平林も一応面識がある。身長は百七十センチほど。面長で眉が太く、落ちくぼんだ眼と高

い鼻。顔立ち自体は立派だが、常に眉間《みけん》にしわが寄り、芸人らしい愛嬌に乏しかった。頭は若い頃からずっと五厘刈りだ。

平林と眼が合うと、会釈をしたが、笑顔は見せない。それから畳に膝をつき、正蔵師匠に向かってお辞儀をして、

「師匠、お疲れ様でございます」

「鰕三さんか。口幅ったいことを言うようだけど、今日はいくら何でも楽屋入りが遅すぎやしないかい。駆け上がりじゃ、いい芸はできないよ」

険しい口調も当然で、話に夢中で気がつかなかったが、もう少し来るのが遅れれば高座に穴が開くところだった。

「まことに申し訳ありません。以後、気をつけます」

落語界最長老からの小言だから、言われた方も素直に頭を下げる。その直後、『梅ケ枝《うめがえ》』の出囃子《でばやし》で、鰕三師匠は高座へと向かった。

「困ったもんだねえ、まったく。もしも自分の弟子だったら、叱りつけているところさ」

若い頃の正蔵師匠はトンガリというあだ名がつくほどの気短《きみじか》だったが、近頃はだいぶ長くなったという評判だ。ちなみに、この場合のアクセントは『トンガリ』ではなく、『トンガリ』である。

長居しすぎたことを反省して、挨拶を済ませ、平林が立ち上がろうとした、ちょうどその時、

『ねえ、伊勢屋《いせや》のご隠居さん、さっき広告をもらったんだが、恥ずかしいことに、これだけ集まっても誰も読める者がいねえ。すいませんが、一つ、読んでもらえませんか』

『そうですか。お安いご用で……おやおや。こりゃ、珍しい商売だ。これはねえ、棒屋の広告ですよ』

大あわてでモニターの方を向いたため、バランスを崩し、何と、その場に尻餅をついてしまった。耳へ飛び込んできたのはもちろん鰕三師匠の声だ。

『じゃあ、読むからお聞きなさい。ええと、〈一つ、心張棒《しんばりぼう》、麺棒は申すに及ばず、棒一切取り揃えあり。申し越しの棒なきその節はいかようになされても差し支えなく、冷やかしを歓迎す。田原町《たわらまち》二丁目、棒屋長兵衛《ちょうべえ》〉』

『へえ。知らなかった。棒屋か。くだらねえ商売《しょうべえ》を始めやがったなあ』

「……もしかして、この噺、初めてかい」

「えっ？　あ、はい。実は、そうなんです」

尋ねられて、平林がうなずく。古典落語の数は五百とも八百とも言われるが、現在寄席で演じられているのはせいぜい三百程度。したがって、いくらマニアでも未知の噺がたく

さんあるのだ。

「平林さん、遠慮しないで、モニターの前にお行き。客席へ回る暇《いとま》はないだろう」

同じ姿勢のまま固まってる平林を見兼ね、正蔵師匠が笑いながら助け船を出してくれた。

「それは……あの、本当によろしいのですか」

「かまやしないさ。前座以外、ここには誰もいないんだから。しかし、お前さん、本当に好きなんだねえ。沈着冷静を旨とするベテラン捜査員が初めての噺を耳にしただけで、あそこまでうろたえるとは……いやあ、今日は珍しいものを見せてもらったよ」

4

（昨日の『棒屋』だが、まさか前半をカットするとは思わなかった。いきなり途中から聞いて、すっかり面食らい、正蔵師匠の前で醜態をさらしてしまった）

国鉄飯田橋《いいだばし》駅。西口へ出る通路を歩きながら、平林は考えていた。翌日の午前八時過ぎ。今日は日曜なので、この時間帯でも混雑はない。

（もちろん時間の都合だろうが……それにしても、浅い出番で、あんな珍しい噺が聞けるとはなあ）

ずっと前から粗筋だけは知っていた。『棒屋』は上方発祥の落語である。新規開店を知った町内の若い衆がチラシの文句を盾に取って、ありそうもない棒を注文し、金を払わずに手に入れようと悪巧みをする。

ところが、敵もさるもの。『貧乏はあるか』ときくと、『借り』にかけてカリンの木の棒が、『とうせんぼうは？』ときくと、踏切の遮断機の棒が出てくるという按配《あんばい》。本来はチラシを拾ってから伊勢屋の隠居を呼び止めるまでに、さまざまなやり取りがあるのだが、昨日はそこがすべて省略されていた。

実はこの噺、サゲに少々問題があって、それも演じ手が減った理由の一つだと考えられていた。何を言っても店の主が動じないため、困った若い衆の一人が『じゃあ、つんぼうはどうだ』と言い出すのだが、最近の風潮として、この件《くだり》はどうも演りづらい。鰕三師匠はそこを避け、少し手前で切って、高座を下りた。

（入門は十五、六らしいから、あと三年もすれば芸歴四十《しじゅう》年に手が届くが、お世辞にも売れているとは言えない。だけど、芸はまずくないんだ。もちネタだって多い。ずいぶん前になるが、何かの会に代演で出てきて、結構な『文七元結』を聞かせてもらったことがあった）

『文七元結』は人情噺の大物で、正蔵師匠も得意にしている。いい腕をもちながら博打《ばくち》で借金を抱えた左官の長兵衛が、娘のお久《ひさ》が吉原でこしらえてくれた五十両を、吾妻橋《あずまばし》から身を投げようとしていた鼈甲《べっこう》問屋の奉公人・文七に恵んでしまう。そこから騒動が起きるのだが、鰕三師匠は長い噺を少しも飽きさせずに聞かせ、いい意味で予想を裏切られた。

（昔、若手の有望株と言われていた時代もあるらしい。しかし、今は……）

昨日、『棒屋』を聞き終えて元の楽屋へ戻ると、正蔵師匠が苦笑いしながら、

『あんな珍しい噺をもってるのに、もったいないよ。まあ、あの人は金満家だから、高座に上がるよりも金勘定の方が忙しいんだろう。何しろ、名代のこれだからねえ』

右手で拳を握ってみせたのは『握り屋』、つまりケチだという意味で、その猛烈ぶりは平林も耳にしていた。

例えば、寄席でトリを取ると、十日間のうち最低一回は働いてくれる前座を引き連れてご馳走する習慣があるが、鰕三師匠はいつも用事にかこつけ、逃げてしまう。祝儀・不祝儀のつき合いも欠かすことが多いと聞いた。

（自宅は芸者新道《じんみち》の途中だったな。なかなかしゃれた造りで、あの近辺では豪邸の部類だ。こういう家は目立つから、しっかり戸締まりしてもらわないと、なんて心配になるような……まあ、あの家は師匠が建てたわけじゃないらしいけど）

本名は豊島清《とよしませい》五郎《ごろう》。三年前、表札の名前に見覚えがあったので、訪ねてみると、師匠は

不在だったが、奥さんに『うちは子供もいなくて、夫婦二人きり。警察の方においでいただくと、心丈夫なんです』と言われ、それ以降、たまに寄るようになった。夏のカンカン照りの日に訪問し、上がり込んで、麦茶をご馳走になったこともある。

　噂によると、自宅周辺に所有する地所を他人《ひと》に貸し、本業での稼ぎが乏しくても懐は温かいらしい。婿養子だとも聞いたが、まったくうらやましいご身分だ。

　改札を出ると、左手に牛込橋、右手には神楽坂下の信号。江戸の昔、三代将軍・徳川家光《いえみつ》の時代に江戸城外郭の門である牛込見附《みつけ》が築かれ、そこを起点とし、上州道へと続く現在の通りが開通した。

　神楽坂警察署は坂下《さかした》の信号から外堀通りを北東へ進み、都の飯田橋庁舎の隣にあった。コンクリートの塀と鉄条網で囲まれた敷地に四階建ての本館と二階建ての新館、そして留置場。門を入ると、彼を見た立番《りつばん》の制服警官が敬礼をした。

　玄関を入ってすぐ右が交通課で、その先に総務課と署長室。平林が所属する刑事課は玄関の正面から左手に広がる細長い部屋だ。

　ドアを開けると、奥の壁際に捜査資料を収納するロッカーがずらりと並び、その手前に課長と課長代理の席。課内は四つの捜査係に分かれ、それぞれ十人ほどがスチールデスクを向かい合わせにした『島』を形作っていた。

普段通り、周りに挨拶をして、自分の椅子に腰を下ろそうとした時、部屋の奥にいる刑事課長の並河康雄《なみかわやすお》と眼が合った。

「よう。定吉《さだき》っつぁん、来て早々で悪いが、ちょっと頼む。話があるんだ」

「あ、はい。わかりました」

本来の読みは『サダヨシ』だが、同年代以上の同僚は皆、『サダキッツァン』と呼ぶ。小僧の定吉は落語界のスーパースターだし、『平林』は前座噺の代表格。自分にはぴったりだと思い、そのまま放置していた。

並河課長は五十三歳。以前、別の署で同僚だった時期もあり、平林とは親しく、いい飲み友達だった。禿げ上がった頭に赤ら顔、丸い眼に低い鼻。いかにも人が好さそうで、およそ警察官には見えない。もちろん犯罪者には厳しく接するが、普段は人情味があり、部下思いの好人物だ。

平林が歩み寄ると、並河課長は口元を少し歪めながら、

「実は……ほら、見番《けんばん》横丁であっただろう。一昨日《おととい》の晩にさ」

「はい？　ええと、一昨日の晩……」

見番横丁は、神楽坂周辺に数多く存在する横丁の一つだ。

「正確に言えば日付は昨日だな。犯行時刻が午前二時頃らしいから」

「昨日の午前二時……それ、もしかして、ウカンムリですか。押し入ったのはカメラ屋でしたよね」

『ウカンムリ』は捜査上の隠語で窃盗を指し、『窃』の字の部首がその語源。正しくは『アナカンムリ』と言うべきだとも聞いたが、刑事は国語学者ではない。同じ理屈で、詐欺を『ゴンベン』と称する。

「そうだ。被害がごくわずかだから、面倒にはならないと踏んでたんだが、あてが外れちまった。この件について、定吉っつぁんにも手を貸してもらいたいんだよ」

「えっ？　課長、待ってください。骨惜しみをする気はありませんが、なぜ私が……」

平林が面食らうのも無理はなかった。彼は殺人、傷害、強盗、放火など、いわゆる強行犯を捜査する一係の所属。二係が知能犯、三係が盗犯、四係が暴力団の取り締まりと、それぞれ業務が分担されていた。

「実は昨日の夕方になって状況が変わったんだ。鑑定の結果、クロロホルムが使用されていたことが明らかになった。となると、これは強盗《タタキ》だ」

やっと事情が呑み込めた。強盗には暴行や脅迫ばかりでなく、薬物を用いて他人を昏睡させ、財物を盗み取るケースも含まれる。正確には昏睡強盗罪になるが、扱いは強盗罪とほぼ同じだ。

「初動はすでに三係が済ませた。完全に手を引かせるのも非効率的だから、君が向こうの担当者と協力し、捜査にあたってもらいたい」

「わかりました。ちょうど手が空いていたので、早速かかります」

「やってくれるか。いやあ、よかった。定吉っつぁんは本庁三課の経験もあるから、うってつけだよ。ああ、そうだ。三係は三崎《みさき》君を出すそうだから、よろしく頼む」

平林は口を開きかけたが、その直後、顔をしかめて押し黙る。ここが飲み屋なら話は別だが、まさか刑事課長からの職務命令には逆えない。

（あの小娘の面倒を俺が見るのか。面倒なことになっちまったなあ）

今回、平林の相棒になった三崎優子《ゆうこ》巡査は、総勢三百人近い神楽坂署員の中でもほんの数人しかいない女性刑事。そして、その評判はあまり芳しいとは言えなかった。

5

「えっ？　天ぷら……あっ、ここだったのか」

並んで歩いていた三崎優子が突然立ち止まる。

「おい。どうしたんだ？」

平林が声をかけると、「すみません」と言って歩き出したが、すぐに後ろを振り返り、

「店の奥に『天ぷら最中』という貼り紙がありました。子供の頃、誰かのお土産でいただいて、どこの店で売っているのか、ずっと気になっていたんです」

無邪気な顔でそう言われ、返事に詰まる。もし逆の立場なら、大先輩に対して、とてもこんな話題は切り出せないだろう。

神経が太いだけでなく、体格もよかった。並ぶと、平林よりも身長が二、三センチ高いので、百七十以上は確実にあるし、加えて、肩幅が広く、腕も太い。

実は彼女、幼い頃から家の近所の道場に通い、柔道二段の腕前。捜査で出歩くことが多いはずだが、体質なのか、肌は白く、丸顔に吊り眉、大きな眼。顔立ちは端正だが、額のところで前髪を真っ直ぐ切り揃えているため、陰では『金太郎《きんたろう》』とか『女金時《おんなきんとき》』などというあだ名を奉られていた。服装はほぼ毎日、グレーのスーツ。

二人がいるのは坂を上り始め、最初の角を過ぎたあたり。左手の菓子屋は明治創業の老舗《しにせ》で、魚の形をした最中が名物だ。

「お饅頭の天ぷらはよくありますけど、あんこを詰めた最中を油で揚げるのは珍しい。それで、よく覚えていました」

「あのなあ、現場へ行く前に時間をつぶしたくないが、今の話は逆だぜ」

　損な性分で、間違いを見つけると、訂正したくなる。

「えっ、逆？　どういうことですか」

「ここの最中は、まず皮を先に揚げ、あとで餡を詰めているんだ」

「……どっちでも同じだと思いますけど」

「いや、違う。餡を詰めてから鍋へ入れたのでは、最中の表側しか油に触れない。最初に皮だけ素揚げにするからパリッと……やっぱりよせばよかった。ほら、行くぞ」

　平林は酒と甘いものの両刀使いなので、その菓子の味はよく知っていたが、いきなりそんな話題で盛り上がるわけにもいかない。三崎優子が神楽坂署に赴任したのは今年九月。警察は春秋二回の異動がある。前任は丸《まる》の内《うち》署防犯課少年係で、やや異例の人事だった。平林とはこれまで疎遠で、今日初めて二人きりで顔を合わせ、事件に関する説明を受けたのだが、正直なところ、戸惑ってしまった。

　頭は悪くなさそうだし、子供の頃からの道場通いで言葉遣いや礼儀もしっかりしつけられているが……何か、おかしい。これまでのところ、大きなしくじりはないようだが、三係から聞こえてくる彼女の評判はというと、『話が通じない』『気が利かなくて困る』『何を考えているのかわからない』などなど。そんなふうに言われる訳が、平林にもおぼろげながら理解できた。

平林が採用になった時、警視庁中探しても女性刑事など一人もいなかったが、近年、急に増えてきた。人権意識が高まり、女性被疑者を男性刑事だけで取り調べるような事態が問題視されるようになったため、対応策を取らざるを得なくなったのだ。時代の流れだから仕方ないけれど、女は扱いにくいのでペアは組みたくない。それが本音だった。

やがて、目的地に到着する。メインストリートから北西方向へ延びる小道は通称・見番横丁。『見番』とは花柳界の事務所のことだ。事件現場となったカメラ店は、横丁を入ってすぐ右手にある見番の斜向《はすむ》かい。時刻は午前十一時過ぎなので、すでに店は開いていた。入口はガラス引き戸で、右脇にショーウィンドーを設け、カメラやストロボを展示している。布製の軒先テントには『遠藤《えんどう》カメラ店』の文字。その上に二階の窓と切妻《きりづま》の瓦屋根が見えた。

平林は少し離れた位置から、しばらく店の様子を眺めていたが、

「二階の窓は木枠で、しかもくたびれている。かなり古い民家を店舗に改装したらしいな。住居部分までは予算の関係で手が回らなかったんだろう」

「はい。おっしゃる通りでした。歩く度に廊下の床や階段がへこんで、怖かったです」

「ここは今年の春に開店したそうだが、こうして見ると、ノビ師がよだれを垂らしそうな

立地なんだよ」

『ノビ師』または『ノビ』は夜専門の侵入窃盗犯のことで、語源は『忍び』。昼間を狙う空き巣とは明確に区別されている。

「よだれを……？　それはどうしてですか」

「三係の連中から、何か聞かなかったか」

　尋ねると、優子は黙って首を横に振る。

「まあ、捜査技術は習うより盗むものだからな。そもそも脇道にある店は表通りよりも人目につきにくいし、その上、ここは右手に路地があるだろう。普通、商店街の店舗は隣と壁が接しているので、表のシャッターをこじ開けるか、電柱から屋根へ飛び移り、二階の窓から侵入するしかないが、シャッターをこじ開ければ大きな物音がするし、ちょうど都合のいい場所に電柱が建っているとは限らない。その点、脇に路地があればそこを入り、裏庭を囲う塀を乗り越えるだけで確実に敷地内へ侵入できる」

「ははあ、なるほど。よくわかりました」

　説明を聞いた優子が眼を見開き、深くうなずく。

「それはいいんだが、今回不思議なのは、盗《と》られた物《ブツ》がカメラの空き箱だけだったという点だ。いくら何でも、酔狂すぎるよなあ」

十二月一日土曜日、新宿区神楽坂三丁目で発生した昏睡強盗事件の概要は以下の通り。

被害者宅の家族構成は主の遠藤和紀《かずのり》さん（五十一歳）と妻の泰世《やすよ》さん（四十五歳）、そして、一人娘で高校三年生の留美《るみ》さん（十八歳）。

犯人は家屋の二階、留美さんの部屋の窓のかぎをこじ開けて侵入したと推定されたが、奇妙なことに、盗まれたのは一階店舗の隅にあった高級カメラの箱、十九個。ショーケースの中のカメラ本体は手つかずだった。

犯行時刻については、午前一時半から二時半の間とみられていた。その根拠だが、まず受験生である留美さんが午前一時過ぎにベッドに入り、しばらくして就寝。同じ二階で寝ていた母親の泰世さんは午前二時四十分頃に目を覚まし、トイレへ行く際、隣の部屋のドアが半開きになっているのに気づいた。

その時は深く考えなかったが、あとで確認すると、留美さんは間違いなく閉めたはずと答えたため、そこから窃盗犯侵入の時間帯が推測できたのだ。

そして、午前七時半。泰世さんが朝食の支度を終え、娘さんを起こしに行った際、勉強部屋の窓が開いているのを見て、さすがに変だと感じた。いくら暖かい晩だといっても、この季節に閉め忘れたままで一晩過ごせるわけがない。

そこで、調べたところ、店のシャッターのロックが内側から解除されていることがわかり、あわてて一一〇番へ通報したというわけだ。

「間抜けな泥棒だなあ、まったく。まるで花色もめ……そうか。今日はこれ、まずかったんだ」

いつもの悪い癖で、つい落語になぞらえたくなる。一係の同僚はいつものことだと思い、聞き流してくれるが、初手《はって》合《あ》わせの優子に解説を要求されたりすると面倒だ。

平林が苦笑しながら、歩き出そうとすると、

「主任、ハナイロモメンがどうかしましたか」

「えっ？　いや、その……変なことを尋ねるようだが、君、落語なんて、聞かないよな」

「ほとんど聞いたことがありません。うちの父が嫌いなので、落語とか漫才をテレビでやっていると、すぐにチャンネルを変えてしまうんです。寄席へ行った経験もないので、生ではまだ一度も」

「ふうん。それなら、別に……」

と、その時だった。三崎優子はいきなり猛烈な早口で、

「耳で聞いたことはありませんが、講談社《こうだんしゃ》文庫版『古典落語』なら、全六巻すべて持っています。上、下、続、続々、続々々、大尾《たいび》と、表紙がすり切れるくらいまで読みました」

早稲田大学教授が編纂したそのシリーズなら、平林もすべて揃え、愛読している。

「え……あ、そう。すり切れるまで、ねえ」

あまりにも意外な反応に、平林は困惑しながら金太郎アタマを見つめた。職場内で、落語の話ができる相手にはほとんど出会ったことがない。

「だったら、まあ、話をするが……『花色木綿』という落語があるんだ」

「もしかして、『出来心』のことですか」

「ええと、あの文庫ではそうなっていたかな。複数の演目名をもつ噺は多いから」

「でしたら、よく知っています。新米の泥棒が親分からやり方を教わり、裏長屋へ空き巣に入る。めぼしい物が何もないので、干してあったふんどしを盗って逃げにかかると、折悪しく住人の八五郎《はちごろう》が帰ってきた。泥棒は仕方なく縁の下へと逃げ込み……」

まくしたてられ、平林は仰天してしまった。

（不思議なやつだなあ。『ゾク、ゾクゾク、ゾクゾクゾク』だなんて……しかも、眼が異様に輝いている。まあ、落語好きとわかったのは大きな収穫だが）

「……八五郎はたまった家賃を待ってもらう口実にしようと企み、大家さんに『家財道具一切を盗まれた』と嘘をつく。で、『何を盗まれた』ときかれたので、口から出任せを……ええと、布団に箪笥《たんす》、鉄瓶、あとはお札《さつ》――」

「わかった、わかった。頼むから、もうそのくらいで勘弁してくれ」

落語速記には明治からの古い歴史があり、出版された点数も多い。活字のみの愛好者がいることは知っていたが、ここまで極端な例というのも珍しい。それにしても、驚嘆すべき記憶力ではある。

「詳しいのはよくわかったが……それほど好きなら休みの日にでも寄席を覗いてみればいいじゃないか。職場のすぐ近所に一軒あるんだし」

「行きたい気持ちはありますが、何となく気後《きおく》れしてしまって、入る勇気が湧きません」

同じ台詞《せりふ》はこれまでに何度も聞いた。大学に落語研究会《オチケン》などという組織があるせいかもしれないが、落語はもっと気楽に楽しむべきものだ。

「とにかく、さっき俺が言いたかったのは、カメラ屋で箱しか盗まなかったノビ師は、他人のふんどし一本懐に入れて逃げ出した空き巣と同じくらい間が抜けているということさ」

「あ、はい。確かに、そこは三係でも話題になりました」

「そうか。で、その理由については？」

「見解が定まりませんでした。ご家族の誰かが目を覚まし、気配を感じて逃げ出したというのが最もありそうですが、お嬢さんはもちろん、ご主人も奥様もぐっすり寝入っていたとおっしゃっていて……」

優子がいかにもけげんそうに首をひねる。

「問題の時間帯に不審な物音を聞いたという周辺住民の証言もありません。ただし、この近所をくまなく歩いたわけではないんです。何しろ、麻酔薬が使われたとわかったのが、昨日の午後五時ですから」

その事実が判明した経緯については、署で説明を受けていた。朝になり、泥棒の侵入を知った両親が娘を叩き起こし、『体は無事だったか』『何かされなかったか』と尋ねたが、留美さんはいくら体を揺すられても寝ぼけ眼《まなこ》のままで、なかなか要領を得ない。

それでも一応会話は成立したので、駆けつけた捜査陣もまさか麻酔薬が使用されたとは思わなかったが、念のため実施した検査でクロロホルムの反応が出たというわけだ。

(早い話、三係の連中は真面目に捜査する気がなかったんだろうな。盗まれたのがカメラの箱だけじゃ、まあ、無理もない)

捜査三係は一係よりも扱う事件数が桁違いに多く、些細な犯罪にはなるべく手間をかけたくないというのが本音なのだ。

「経緯はわかったが、今回の事件《ヤマ》は一係が主体で捜査することになったので、仕切り直しだ。まずは侵入経路を確認することにしよう」

6

カメラ店の右脇の路地を入っていくと、モルタルの外壁がとぎれ、高さ二メートルほどのブロック塀になったあたりに自転車が一台駐《と》められていた。相当な年代物で、全体に錆が浮き、サドルカバーも破れている。優子の話では、昨日午前九時から実施された現場検証の際、すでに同じ場所にあったそうだ。

「店のご主人に伺ったところ、何日か前にはこんなものはなくて、いつ誰が運んできたのかわからないとおっしゃっていました」

「ふうん。もしかすると、天水桶と大八車の代わりに……い、いや、何でもない」

昨日寄席で聞いた『穴泥』の一場面を思い出したのだが、いったん口に出すと、その話題一色になってしまいかねない。

「こいつを足場にして塀の上、さらに一階部分の屋根へと上がった可能性があるな。検証で、そんな意見は出なかったか」

「はい。出ました。ただ、その場合、雨樋《あまどい》のあたりでも高さが三メートル近くありますから、何とか跳び移れたとしても、屋根から降りる時が相当危険です」

「なるほど。まあ、普通はそうだが……うーん」

　平林がふと言い淀み、微かなうなり声を発する。

「あのう、主任、どうかされましたか」

「眼の前に、ある男の顔が浮かんだんだよ。これくらいは朝飯前……いや、今年七十一だから、昼飯過ぎかもしれないが、やつに限っては、たぶん今でもやれるだろう」

「へえ。そうやって、すぐに候補が浮かぶのはさすがだと思います。主任は本庁の三課に長くいらしたんですよね」

「六年いたから、短くはないな。そいつの名前は猪狩文吉《いがりぶんきち》。俺とは腐れ縁の仲なんだが、ノビ師の中では大物で、あだ名が蜘蛛舞の文吉だ」

「えっ？　クモマイというと……」

「その昔、綱渡りのことをそう呼んだらしい。文吉は若い頃、曲芸師だったんだ。三十代以降は盗み一筋で、積もり積もって前科九犯。中学生みたいな体つきの男で、忍者もどきに身が軽い。三年前、五年の刑期を終えて刑務所から出たが、その後の消息は不明だ」

「消息不明……ということは、犯罪をくり返している可能性がありますよね」

　優子が黒革の警察手帳を取り出し、小さな鉛筆でメモを取り始める。

「ただ、身の軽い泥棒ならほかにもいると思いますが……」

「もちろん、疑った理由は一つだけじゃない。例えば、窓のこじ開け方だ」

平林が二階の窓を指差す。窃盗犯が侵入した勉強部屋の窓だった。

「こういった場合、窓ガラスを割って侵入するのが通常のやり方だ」

「あ、はい。『二点三角破り』に『三点四角破り』。ガラスを抜き取った部分から、手を突っ込んで開錠するわけですよね」

三係の飯を三カ月しか食っていないくせに、案外一丁前のことを言う。マイナスドライバーの先を木枠に刻まれた溝へ差し込み、ひねるようにしてガラスを割る手口だ。

「しかし、今回の犯人《ホシ》はガラスを割らずに窓を開け、そこから侵入したんだろう」

「はい。ノコギリの刃でねじ込み錠を開けるそうですね。金属の棒に特徴のある傷がついていました」

最近はクレセント錠が主流になってきたが、古い日本家屋は今でも大半がねじ込み錠だ。その名の通り、本体が螺旋《らせん》状になっていて、右方向へ五、六回転させ、引き違いの戸や窓をロックする。

この錠に関しては、幅の狭い鉄ノコギリの刃二枚をX字形に広げて真ん中を縛り、窓の中心部分へ差し込む方法がある。それでねじ込み錠の棒を挟み、左へ回して開錠するのだ。この方法を使うと、ほとんど物音はしないが、その代わり、相当な熟練が必要となる。

「文吉の得意技がまさにそれなんだ。さらに、もう一つ。下足痕《ゲソコン》がなかったんだろう」

「そうです。靴を脱ぐのは珍しいと、話題になっていました」

「見つかった時に逃げやすいよう、靴のまま侵入する事例が大半だからな。いわゆる脱靴《だっか》侵入《しんにゅう》はごくごくまれだ」

「そんなに珍しいのですか。だったら、重要な手がかりになるはずですよね」

「うん。そして、まさにそれが文吉の流儀なんだ。妙に律義なところがあって、取り調べをすると、『他人様《ひとさま》のお宅の床を泥で汚すなんて、そんなご迷惑はかけられません』なんて真顔で言う。窓ガラスを割るのを嫌うのも同じ理由だそうだ。金や物を盗る方がよっぽど迷惑なのにな」

「ずいぶん変わった泥棒ですねえ。それで、麻酔剤を使った犯行は過去にありましたか」

「あったどころか、十八番《おはこ》中の十八番さ」

「ええっ？　本当ですか、それ」

「嘘なんかつくわけない。たいがいは偽の名刺を作成して薬局で買い、それを噴霧器に入れ、寝ている相手の顔へ噴きかけるんだ」

「主任、これだけ揃っていると、有力な容疑者になり得ます」

「おそらく、もう少し捜査を続けていれば、三係の誰かが文吉の名前を口にしたはずさ。

ただ、これはあくまでも俺の勘だけど、今回のヤマはやつの仕業じゃない」

「えっ……？　あの、それはなぜですか」

「盗んだブツがカメラの空き箱だけというのが、まず解《げ》せない。何があったのかは知らないが、場数を踏んだノビ師はそんな下手は打たない。それに……まあ、こいつはうら若きレディの前で言うことじゃないんだがね」

「驚きませんからおっしゃってください。三係でも、女だとは思われていません」

　ふて腐れる様子もなく、そんなことを言う。三崎優子は確実に美人の部類に入ると思うが、柔道の猛者《もさ》である影響もあってか、確かに女性としては扱われていないようだ。

「だったら話をするが、君も聞いたことがあるだろう。窃盗常習犯には奇妙な性癖のもち主が大勢いて、本来の目的以外の行動を取る例が多いって」

「ああ、はい。例えば、冷蔵庫の中の食品を食べるとか……」

「そんなのはごく普通さ。ひどいのになると、盗みの現場で必ず脱糞するノビ師もいた。猪狩文吉の悪い癖は、寝ている女性を見ると、下着を脱がして持ち去ること……ああ、ブラジャーじゃなくて、パンティの方だ」

「ええっ？　それは、ひどく質《たち》が悪いですね」

「もちろん悪質だが、女性を襲って強盗強姦罪に問われたりはしない。義賊を気取って盗み金の一部を慈善団体へ寄付するようなやつだから、悪人なりにどこかで一線を引いてたんだろうな。ただし、女性の下着への執着はすさまじくて、そのせいで逃げ遅れ、手錠《ワッパ》をかけられたことが二度もある。

それくらいだから選り好みも激しくて、年配の女性なんか見向きもしない。狙われるのはせいぜい三十代まで。今回は花も恥じらう女子高生だから、もし文吉ならば絶対に見逃さない。そのためにクロロホルムを持ち歩いてるようなものなんだから。たとえ七十を超えても、その病気は治ってないと思うがなあ」

過去の捜査を思い出し、平林は苦笑したが、そこからふと表情を引き締め、

「ええと……そうか。留美さんだ。彼女の下着は無事だったんだろうな」

「何も聞いてないので、大丈夫だとは思いますが……」

「今日は日曜で家にいるはずだから、確認してみてくれ。こういう件は女性からきいた方がいい」

「あ、はい。承知しました」

「だから、干してあるフンドシを盗んだ『花色木綿』の空き巣なんてまだましな方だよ。実際身につけてるパンティをはぎ取ったりしては、とても『出来心』では通らない」

「えっ？　それは、そうですが……」

優子は一瞬きょとんとしてから、「あははは」と声に出して笑い、

「確かに通りませんねえ。犯行現場が二階では縁の下に隠れるわけにもいかないし……うふふふ」

笑顔は初めて見たが、普段とは別人のような華やかな美しさで、平林は内心どぎまぎしてしまった。

7

翌日の月曜日。午後四時近くになって、平林は刑事《デカ》部屋の隅の応接スペースで、出前のタンメンを食べていた。一応正午から午後一時までが昼食休憩と定められているが、今日は昼前から些細な用事が重なり、こんな時刻になってしまったのだ。

金属枠に布が張られた衝立《ついたて》で仕切られた、狭く、殺風景な空間。テーブルの上には丼のほか、白い紙が一枚載っていた。ついさっき、若い同僚が持ってきてくれたのだ。

麺をすすりながら視線を落とすと、一番上に男性の顔写真。ファックス送信されてきたので、粒子が粗い。

頭髪も眉も完全に真っ白。眉毛が垂れ下がっているのは年配者によく見られる特徴だ。

顔立ちは小作りで、柔和そうな眼が長屋噺に登場するご隠居さんを思わせたが、実は彼こそが大泥棒・蜘蛛舞の文吉その人だった。

写真の下は経歴と犯歴。猪狩文吉は千葉県出身で、若い頃には綱渡りの芸人として全国を渡り歩き、行く先々で盗みを働いていた。

そのうちに戦争が始まり、文吉も陸軍兵として大陸で苦労したらしいが、戦後は芸人に復帰せず、ノビ師一筋。二十歳の初犯から数えて五十年、娑婆《しゃば》と刑務所とを行き来してきた。最後の記載は三年前の四月十日付けで、『府中《ふちゅう》刑務所を満期出所』と記されている。

平林との腐れ縁の始まりは十六年前。当時、彼は本庁にいた。所属部署の正式名称は警視庁刑事部捜査第三課第一盗犯捜査第一係。『寿限無《じゅげむ》』の名前ではないが、一度聞いただけでは絶対に覚えられない。

主な業務は窃盗常習者のデータ管理だ。狙われた時間帯や侵入方法、使用された道具、金庫の開け方などなど。これらすべては『手口』あるいは『特癖《とくへき》』と呼ばれ、捜査上の貴重な資料として整理・保管されている。

平林はここで三十代後半の六年間を過ごし、文吉の取り調べにも関わったが、その際の容疑は単純な窃盗だった。そして、四十一歳の時、本庁から所轄署へ転出し、三年前、池《いけ》袋《ぶくろ》署捜査第一係から神楽坂署の同じ部署へと異動してきたのだ。

ファックスを送ってくれた捜査第三課の知り合いによると、ここ二、三年、中国・四国地方で家屋の二階部分への脱靴侵入をくり返しているノビ師がいて、捜査員たちは文吉の可能性が高いと見て、行方を追っている最中だという。

確かに蜘蛛舞の文吉の身体能力は驚異的で、小さな体に重い荷物を背負い、信じられないような跳躍をする。資料によると、三年前の時点まで頑健な肉体に衰えはなく、所内では毎日腕立て伏せや屈伸運動をして肉体を鍛えていたが、さすがに耳だけはかなり遠くなっていたそうだ。

（やつが東京へ舞い戻ってきた可能性はあるが、今回のヤマがやつの仕業とは思えない。ただ、何か大事なことを見落としている気がして……こういう時の妙薬は、何といっても稲荷町の師匠だ。また迷惑をかけちまうが、明日の朝にでも寄らせてもらおうか）

寄席は昼からの営業なので、午前中に自宅を訪ねれば、たいていは会える。

そんなことを考えているうちに、麺がなくなる。高血圧ぎみで、医者から塩分を減らすよう指導されていたので、汁は飲まず、丼の縁に割り箸を置いた時、

「失礼しま……あっ、主任、こちらでしたか」

日焼けした白布の陰から、三崎優子が顔を出した。

「ご自分の席では、あまりお食事をされないんですねえ。捜してしまいました」

休憩時間にデスクを離れる理由は、向かいの席にいる捜査一係長とウマが合わないせいだが、新参の女刑事を相手にそんな事情を説明してみたところで始まらない。

「捜してたってことは、俺に何か用なんだな」

「あ、はい。お食事中、申し訳ありません」

「いや、もう済んだ。時間に不規則な仕事だから、女房に弁当を作らせればいいんだが、俺はどうも冷や飯が嫌いな性分でな」

「ええっ……？　そう、なんですか」

平林の何気ない言葉に、優子は大げさに反応する。このあたりが、まだどうもなじめなかった。

「ということは、主任は寿司もお嫌いなんですね」

「はあ？　いや、寿司は大好物さ。冷や飯には違いないが、まるで別物。なぜそんなことを気にするんだ」

「あ、すみません。母の実家が寿司屋なもので、つい……」

眼を細め、ぺろりと舌を出す。きいてみると、彼女の母親は日本橋馬喰町《ばくろちょう》で四代続く老舗の一人娘で、場所は神田川《かんだがわ》に架かる浅草橋《あさくさばし》と左衛門橋《さえもんばし》の間らしい。

「ふうん。そうだったのか。それはいいが……まあ、とにかく座れよ。話を聞こう」

平林が彼の向かいのソファを勧めると、優子は会釈をして腰を下ろす。

「カメラ店の奥様から電話がありました。今朝、お嬢さんと病院へ行かれ、検査を受けた結果、何も問題ないと言われたそうです」

「おっ、そうか。大丈夫だとは思っていたが、とにかく、よかったな」

昨日、カメラ店の主人夫婦が最も危惧していたのは、留美さんの身の異変だった。クロロホルムの使用が発覚した以上、昏睡状態のまま暴行を受けた可能性が否定できない。そこで、万一の場合を考え、今日、専門医の診断を受けたというわけだ。

「病院の待合室からの電話でしたけど、泰世さん、泣いてらっしゃいましたよ。よほど心配だったのでしょうねえ」

一人娘の留美さんは小柄で色白、顔立ちも可憐な娘さんだった。

『うちはカメラなんて何台盗まれたってかまわないんですよ。盗難保険には入っていますが、たとえ加入してなくても、金で済む話なんですから』

父親・和紀氏の悲痛な表情が蘇ってくる。

『娘の問題はそうはいきません。二階から押し入った犯人が娘のそばを素通りしてくれて、〈やれ、うれしや〉と思ったのに、まさかこんなことになるなんて……』

〈あの親父さんも、さぞほっとしてるだろう。それにしても、あんな美少女、もしも文吉だったら、下着に手を伸ばさないはずが……）

「主任、お話ししたいことがあるのですが、かまいませんか」

「ん？　ああ、わかった。かまわないよ」

「今回のヤマですが、ホシはまず値の張る機種の箱だけ盗み、次にカメラを持ち出そうとした時、何らかの問題が発生して逃亡した。現在のところ、そう考えられていますよね」

「うん。おそらく近くに車を用意していたはずだから、まずは箱だけを積み込み、それからカメラというのは手順として妥当だ」

「その点についてですが、最初からカメラ本体は眼中になく、侵入したそもそもの目的が箱だったという可能性はないでしょうか」

「箱が目的？　ほう。おもしろい。つまり、犯人はすでにカメラの贓《ゾウ》品を大量に所有していて、それらを高く売るため、今回は箱を狙った。そう言いたいんだな」

　盗品専門の故買屋は全国に数多く存在するが、カメラなど精密機器の買取りは定価の一、二割が相場だと聞いた。それも箱や保証書があっての話で、裸のままだと、二束三文。盗まない方がましなくらいだ。

「そんな例は聞いたことがないが、絶対にないとは断定できない。ただ、陳列ケースの戸は開いていたぞ」

遠藤カメラ店にも、他店と同様、壁に陳列ケースが取りつけられていた。縦一メートル、横二メートルのサイズのものが合計で四つ。強化ガラスの引き違い戸の奥に二段の棚があり、ニコン、キヤノン、アサヒペンタックスなどメーカー品がずらりと収められていた。枠は真鍮《しんちゅう》製で中央部に鍵穴があり、キーを差し込んで回すと、長さ一センチほどのボルトが倒れる仕組みだが、犯人は二枚の戸の間へ手を差し込んでガラス板をしならせ、作った隙間にボルトの幅を吸収させたらしい。高級品用の二つのケースの戸が開いていた。

「年季の入ったノビ師なら、あれくらいできて当然だが、結構な手間だ。最初《はな》っから箱が目的なら、苦労して開ける必要はない」

「おっしゃる通りです。荒唐無稽かなとは思いましたが……でも、入口のシャッターは下りていましたよね」

「確かに、俺もそこがどうも腑に落ちないんだよ。内側から止め具を外したところまではわかる。万一見つかった際の逃げ道を用意するのは基本中の基本だからな。しかし、そこから出ていったとすると、再びシャッターを下ろしたのが不可解だ。そんな余裕があるのなら、カメラも盗み出せばいい。もちろん、侵入時と同様に二階の窓から逃走した可能性もあるが……まあ、いい。せっかく思いついたんだから、とにかく、照会をかけてみよう。過去にカメラ本体だけの盗難事件がなかったかどうかをな」

「そうしていただくとありがたいです」

「平林さ……ああ、お話し中でしたか」

会話がちょうど一段落したタイミングで、捜査一係長の川端雅人《かわばたまさと》が顔を出す。

年齢が四十六歳。中肉中背、七三分けの髪に銀縁の眼鏡。外見的には刑事よりも銀行員の方が似合っている。大学で社会学を専攻したそうで、そのせいかどうかは知らないが、『係内の意思統一』をやたらと強調し、一匹狼的な気質の平林のことを快く思っていないらしい。

お互いにいい年なので、表面上は普通につき合っているが、例えば今回の事件で優子の相棒として自分が指名されたのも、川端の差し金ではないかと、平林は勘ぐっていた。

「雑談だから、かまいませんよ。何かご用ですか」

「いや、用じゃなくて、平林さんにお客さん。受付で待ってるそうです」

「私に、客？　わかりました。すぐ行きますが……何て名乗ってました？」

「ナガオカチュウジロウとか言ったな。『国定忠治《くにさだちゅうじ》と同姓同名だ』なんて、訳のわからない自慢をしてましたよ」

「忠治と同じ……ああ、わかりました。あいつが来たのか」

平林の脳裏に、十年以上前に逮捕した一人のノビ師の顔が浮かんできた。

8

思いがけない珍客だった。長岡忠次郎は、平林が本庁から転出する前年に捜査を担当したノビ師である。当時、すでに五十絡みだったから、現在は還暦を超えているだろう。その時の裁判で言い渡された刑が懲役三年。常習累犯窃盗罪は窃盗罪より重く、三年以上二十年以下の懲役と定められている。ちなみに、強盗罪はさらに最低が五年以上だ。

（しかし、いまさら俺に何の用があるというんだ？　それに、なぜ俺がここにいるとわかったんだろう）

戸惑いはあったが、会わずに追い払う理由もない。玄関へ行くと、受付に鶴のようにやせた長身の男性が待っていた。服装はグレーのジャンパーとスラックス。銀縁の眼鏡をかけている。

「よお。しばらくだったなあ、長岡。元気そうじゃないか」

右手を上げると、相手は微笑し、「その節はお世話になりました」と頭を下げた。

身長がこの年代にしては珍しく、百八十二、三センチある。十一年前には実年齢よりも若く見え、なかなかの男っぷりだったが、時の流れは残酷で、頭がはげ上がり、顔全体がしわだらけ。切れ長の眼と高い鼻に以前の面影がかろうじて残っていた。

「あれから、どうした？　ちゃんと堅気の仕事をしてたんだろうな」

「そうきかれると、面目次第もありません。実は、また三年ばかり別荘におりました」

『別荘』は『刑務所』。窃盗常習者の動向については警察も常に神経を尖らせ、刑務所との連携を密にしているが、三課を出て以降、平林はそうした情報に疎くなっていた。

「十一年前に送られたのは水戸《みと》だったよな。今回は？」

「前橋《まえばし》です。平林さんのお手を煩わせた一件で別荘暮らしをしたあと、何とか更生しようと努力したのですが……まあ、いろいろあって、三年前にまた。今朝、出所したその足でお伺いしたんです。平林さんがこちらへ異動されたというのは、風の噂で聞きました」

　刑務所内は情報の宝庫で、それが新たな犯罪につながることも多い。盗犯を担当していた刑事の現在の所属くらい、自然と耳に入ってくるのだろう。

　受刑者が出所後、顔見知りの刑事を訪ねてくるのはよくあることだ。平林は長岡を最前の応接スペースに案内し、熱い茶を出してやった。

「……で、これから、どうするつもりだ？　何か、あてはあるのか」

「はい。この際、恥を忍んで、田舎へ帰ることにしました」

「たしか、故郷《くに》は福島県の会津《あいづ》だったよな。身寄りはないと聞いた覚えがあるが」

「会津といっても奥の奥で、栃木との県境《けんざかい》付近です。今では親兄弟はもちろん、これといった親戚もおりませんが、幼なじみが木工所を経営していまして……私、別荘の作業所で家具を作ってましたから」

「ああ、なるほど。それで口がかかったのか」

「私も今年六十二。すっかり眼が弱くなっちまいまして、簡単な作業しかできませんが、『それでもかまわない』と言ってくれましたので」

「ほう。そいつはいい話だ。友達というのはありがたいなあ」

長岡忠次郎の生い立ちは悲惨だった。そもそも本名が突拍子もない。いくら大侠客《だいきょうかく》とはいえ、磔刑《たっけい》に処せられた罪人の名を息子につける親はないと思ったのだが、やはりその通りで、貧農の家に生まれた彼は物心つかないうちに養子に出され、学校にもまともに通わせてもらえず、農作業にこき使われた。旧姓は聞いたはずだが、覚えていない。

新たな本名は、彼が犯罪に手を染めた理由の一つにもなっていた。周囲の大人たちから『お前なんかまともに育つはずがない』『将来悪人になる』などと言われ続けて、やけを起こし、十五歳の時、近所の家々から盗んだ金を手に上京した。

最初、都内で建設業の日雇い労働をしていたのだが、ある現場でノビ師の老人と知り合ったことがきっかけで、本格的に悪の道へ入り、前科は十一年前の時点で、五犯だった。

「とにかく、真面目に働くのは結構だ。すると、放免の挨拶をするために、わざわざ訪ねてきてくれたのか」

「いいえ、少々お願いがありまして……三年前の夏、盗みに入った先で、曲がった私の性《しょう》根《ね》を叩き直してくださった恩人がこちらの署の管内にお住まいなんです。今日、故郷へ帰る前に一言お礼を申し上げたいと思いまして」

「えっ？　それは、何かの間違いじゃないか。だって、俺はその年の春、ここへ赴任したんだぞ。いくら強行犯の担当でも、お前がしょっぴかれてくれば気づいたはずだ」

「いいえ。それは違います。今度の別荘行きはそもそも逮捕されてないんです。三年前の七月七日の晩、ここからすぐ近くのお宅に忍び込んだのは確かですが、何一つ盗んではおりません」

「何も盗らない？　一体、どういうことだ」

「その家のご主人に見つかり、本当なら警察へ突き出されるところを、『見逃してやるから真人間になれ』と諭されまして、そのあとすぐに高崎《たかさき》署へ自首したんです。当時はそこが私のねぐらで、高崎、前橋、太《おお》田《た》あたりが稼ぎ場でした」

「お前を諭して、自首させた？　へえ。驚いた。世の中にはすごい人がいるもんだなあ」

窃盗の再犯率は非常に高く、万引きでさえ八割、ノビ師や空き巣は九割を超える。その最大の理由は他人の物を盗むという行為自体に快感を覚えるせいで、常習者にとってはまさに麻薬と同じなのだ。

「で、この近くだそうだが、どこの何て家《うち》なんだ」

「それが、自分でもよくわからないんですよ。記憶を頼りに捜し歩いてみましたが、迷子になっちまいました。白内障がかなり進んでるんです」

出所したその足で来たと聞き、なぜ自分にという疑問が湧いたが、要するに道案内が目的だったらしい。

（おやおや。猪狩文吉が耳で、こっちは眼か。盗みを働いた報いだなあ。まあ、長岡の場合は心を入れ替えただけましだが……）

「わかった。一肌脱ごうじゃないか。お前みたいな筋金入りのノビ師を改心させるなんて、どんな人かという興味もある。大体の場所はわかるんだろう」

「はい。それはもちろん。坂を上って二つめの十字路を右へ折れ、最初の角を今度は左へ曲がるんです」

「ええと、二つめということは、仲通《なかどお》りだな。そして、すぐの角を左……それ、芸者新道じゃないか」

「そういう名前でしたか。その頃はちょっと事情がありまして、下調べもろくにせず、行きあたりばったりに仕事をしておりましたから。細い道の右側で、しゃれた造りの民家でした」

「家の主の名前は覚えているか」

「生涯の大恩人ですから、忘れるもんですか。名乗られはしませんでしたが、表札の文字を心に刻みました」

「だったら、何もここへ来ることはないじゃないか」

「ですから、三年経ったら、もう門の外から玄関の表札の文字が読めないんですよ。その近辺で尋ねてみようかとも思いましたが、私みたいな者が変に動いて、恩のあるお宅にご迷惑がかかってもいけませんので」

「なるほど。おかしな噂が立たないよう気を遣ったのか。だったら簡単だ。名前を教えてくれれば、連れていってやるよ」

「ありがとうございます。お手数をおかけして、まことに申し訳ありません」

長岡忠次郎は深く頭《こうべ》を垂れてから、

「豊島清五郎様とおっしゃいます。『セイゴロウ』のセイの字は『清い』です」

そう言ったのだった。

9

（豊島、清五郎？　芸者新道の……それって、佃家鰕三師匠の家じゃないか！）

さすがに耳を疑ったが、まさか同姓同名があの近所にいるとも思えない。きいてみると、周囲は四《よ》つ目垣《めがき》で、門の右手に大きなシュロの木。脇が洋風の応接間になっていて、窓のねじ込み錠をノコギリの刃を束ねた例の道具でこじ開け、忍び込んだという。

（それだけ揃えば間違いない。いやあ、実に意外な……待てよ。そうとも言えないぞ）

ふと頭に浮かんだのが、以前聞いた『文七元結』の高座の一場面だった。噺の前半、吉原の遊郭・佐野槌《さのづち》のおかみが長兵衛にしみじみ意見するのだが、あの名調子で諄々《じゅんじゅん》と説かれれば、改心する泥棒が出てもおかしくはない。

しかし、長岡は自分の恩人の職業をまったく知らなかった。

「へえ。そうでしたか。道理で、話がお上手だと思いました。お恥ずかしいことに、私、落語ってものをほとんど聞いたことがないんです。『笑点《しょうてん》』も数回しか見ておりません」

日曜の夕方に放映されている人気演芸番組だが、もし毎週欠かさず見ていたとしても、佃家鰕三の出演回はなかったはずだ。

「しかし、これから会津の奥まで帰るのでは大変だなあ。今日中に着くのか」

「何とか大丈夫なはずでしたが、迷子になったせいで遅くなってしまいました。無理なら、郡山《こおりやま》か会津若松《わかまつ》に一泊しますから、時間は気にしなくて結構です」

「そうか。だったら、もうすぐ神楽坂の寄席の出番だから、そこで会えるよ。何も自宅へ行く必要はないんだろう」

「はい。もちろん。一言感謝の気持ちをお伝えすれば気が済みます」

「わかった。大した距離じゃないから、案内してやろう。俺と一緒なら、楽屋に入れてもらえるはずだ」

「本当ですか。いやあ、お忙しいところ、まことに申し訳ありません」

一係長の川端に一言断ってから、平林は長岡忠次郎を連れ、警察署を出た。

肩を並べて坂を上る。今日はどんよりとした曇り空で、ここ数日とは打って変わって風が冷たかった。

十二月上席三日めの神楽坂倶楽部を訪ねると、少し前に夜の部が始まっていて、昼の部主任の正蔵師匠の姿はすでになかった。

『……ほかには何を盗まれた？』

『ええと、簞笥です』

楽屋の入口に立つと、隣の部屋のモニターの音声が耳に入った。

『簞笥を？　だったら二人組か三人組だな。で、総桐《そうぎり》か』

『そう義理を欠いちゃあいけねえ』

『気取るんじゃねえ。このバカ』

（この声は馬八《うまはち》師匠……しかも、ネタは『花色木綿』じゃないか）

今日の自分にはまさにぴったりで、平林は苦笑せざるを得なかった。

山桜亭《さんおうてい》馬八は三十八歳。三年前に亡くなった五代目山桜亭馬《ば》春《しゅん》師匠の弟子で、現在は正蔵師匠宅に身内のように出入りしていて、平林とも親しい。

『あとは何を盗られたんだ』

『鉄瓶が一つ』

『鉄瓶だな。南部《なんぶ》か？』

『さあ、いくらぐらいしますかねえ』

『なんぼかとは言ってねえ。南部鉄瓶かどうかをきいたんだ』

『ああ、そうです。それで、裏は花色木綿』

『鉄瓶に裏をつけるやつがあるか』

客席の笑い声が聞こえる。若手の人気者だけに、お客にもよくウケていた。

八五郎が盛んに花色木綿と言っている理由は、最初に布団を盗まれたと嘘をつき、『裏地は何だ』と尋ねられたので、苦し紛れに『大家さんとこと同じです』『だったら、花色木綿だな』。その会話を単純にくり返しているのだ。ちなみに、花色木綿とは淡い藍色に染めた木綿のことである。

平林は前座さんをつかまえ、鰕三師匠に取り次いでもらいたいと頼んだが、『今日はお休みと、この芝居の前から決まっております』という返事。その代演が馬八師匠なのだという。

(署を出る前に電話で確認すればよかったな。前から決まっていたのなら、どこかへ仕事に行ったに違いない。さて、どうしよう?)

困っているところへ岸本寅市《きしもととらいち》氏がやってきた。彼は神楽坂倶楽部席亭《せきてい》の長男で、楽屋内では若旦那と呼ばれている。

「おや、平林さんじゃありませんか。いらっしゃい」

肥満体にぎょろ眼。年齢は三十三歳だと聞いたが、それよりもかなり老けて見えた。

「だけど、あいにくだったねえ。稲荷町なら、ついさっき帰ったところですよ」

「いや、今日はそうじゃなくて、鰕三師匠に用があって来たんです」

「鰕三さんに? おや、今日は一人じゃないんですね。ということは……」

寅市若旦那が表情を強張《こわば》らせ、不安げな眼で平林を見た。

（おかしいな。なぜこんな顔を……はは あ、なるほど。連れがいるせいか）

捜査中、刑事は二人連れで行動することが多い。若旦那はそれを知っていたため、何かの捜査と勘違いしたのだ。

（それにしても、あの長岡が刑事に見えるとは、よほど何か後ろめたいことがあるんだろうな）

『おい。隠れていた泥棒が出てきたのはいいが、何も盗んでないてえじゃないか。変だと思ったんだ。おい、八公！』

『どうも、代わり合いまして……』

『噺家みてえなことを言うな。どうしてあんな嘘ばかり並べた？』

『大家さん、これもほんの出来心でございます』

拍手が湧いたところで、平林は長岡にしばらく待つように告げ、目線で若旦那を促して、一緒に玄関ホールから続く通路へ出る。そして、普段とは違う仕事用の声を出し、

「鰕三師匠と聞いたとたん、顔色が変わりましたよね。何かあるのなら教えてください。今ここで言っていただければ、こちらにはご迷惑のかからないようにします」

「いや、それは……ええと、弱りましたねえ、どうも」

こうなれば、ヘビに睨まれたカエルも同然。吐かせるまでに時間はかからなかった。

それによると、五年以上前から芸人の間で賭け麻雀が大流行《おおはや》りとなり、遊び程度のレートならともかく、最近はかなりの大金が飛び交うようになった。ちなみに、若旦那も仲間に加わっているうちの一人である。

そうなれば、中には手持ちに事欠く者が出てくるのも当然で、彼らに資金を用立てているのがほかならぬ鰕三師匠なのだという。

「打つのは街の雀荘で、特に決まってないし、メンバーも出入りが激しい。だから、全然組織立ってはいないんですよ」

若旦那は冬なのに汗をかきながら、懸命に言い訳する。

「鰕三さん自身は牌《パイ》の並べ方も知らないんだが、とにかく金を持っていて、利子さえ払えば嫌な顔せず融通してくれる。その金のせいで、深みにはまった噺家や色物が何人もいるんです」

「なるほど。すると、さっきは、私が賭博罪での内偵に来たと思ったわけですね」

「いや、さすがにそこまでは……たかがと言っては叱られるでしょうが、早い話、芸人の小博打《こばくち》なんだから。

ただ、まさかと思った理由は、ついこの間の話だけど、首が回らなくなった連中が集まって、『いっそ鰕三さんが胴元だと警察へ嘘の通報しちまおう』なんて相談してやがるのを小耳に挟んだからですよ。『そうなれば俺たちも取り調べは受けるが、たぶん起訴まではされない。うまくいけば、鰕三師匠が懲役を食らい、借金が棒引きになる』ってね」

　そこまで聞いた時、平林の脳裏に楽屋の入口に待たせている元泥棒の顔が浮かんだ。

（三年前の一件は、とんだ美談だった可能性が出てきたぞ。違法行為をしているという自覚があったので、鰕三師匠は警察と関わるのを嫌い、通報を控えたのでは……もちろん、大金や金目の物を盗まれたのなら否応なしだが、長岡の話だと、まだ何も盗んでいなかったらしいし）

　いっそ会わせないまま、長岡を会津へ帰してしまおうかとも考えたが、きいてみると、鰕三師匠は自宅にいるはずだという。

「どういうことです？　前もって決まっていたんだから、他の仕事による休席でしょう」

「脇で聞いたんだけど、地方での仕事がキャンセルになったらしい。正直にそう言ってくれれば馬八さんにも迷惑かけなくて済んだのに、やっぱり見栄があるんだろうね。今頃、自宅で息を潜めてるはずですよ」

　すっかり興ざめしてしまったが、せっかく再会を楽しみにしている長岡を落胆させるのも気の毒だ。

「賭け事もほどほどにしないと、大変なことになりますよ」と、平林は若旦那に釘を刺し、今日のところは何も知らないふうを装うことに決めた。

10

神楽坂倶楽部を出て、坂を下る。めざす小道の起点は、すぐ左手に現れる本多《ほんだ》横丁にあった。『新道』は通りと通りをつなぐ道という意味で、芸者新道は本多横丁と神楽坂仲通りとを結んでいる。

石畳で覆われた真っすぐな下り坂。神楽坂の花柳界は東京六花街《ろっかがい》の一つにも数えられ、戦前の最盛期には約百五十軒の料亭・待合がひしめいていた。そんな時代、お座敷へ向かう芸者たちが近道として利用したのが命名の由来だと聞いた。

道の長さは百二十メートルほどだが、ちょうどその半ばくらいに佃家鰕三師匠の自宅はあった。署での長岡の説明とは逆方向から入ったので、もちろん道の左側になる。

周囲は丸竹を縦横に組んだ透かし垣で、きちんと手入れされた庭もある。二階建ての家の造りは大きく、噺家仲間では一、二を争う豪邸らしいし、ほかに賃貸している地所まであるのだから豪勢なものだ。

近頃、このあたりの土地は値上がりが激しい。子供はいないそうだが、将来誰が相続するのか、他人事《ひとごと》ながら気になってしまった。

数寄屋門《すきやもん》を潜って玄関へ。表札の文字は『豊島清五郎　はる子《こ》』で、芸名は併記されていない。

チャイムを押すと、すぐに返事があって、格子戸が開いた。

「はい。どなた……おや、平林さんじゃありませんか。お珍しい」

鰕三師匠のおかみさんが、いつも通り、笑顔で迎えてくれた。

「お疲れさまです。もしご都合がつくようでしたら、お上がりになって、お茶でもどうぞ」

小柄な体に丸顔、くりっとした眼。師匠よりも年上だと聞いたが、声や口調は若々しい。白地に紫の花柄が入ったワンピースに紫のカーディガン。噺家のおかみさんにしては相当ハイカラ、というより、若作りだ。額や眼元にしわが目立つが、パーマをかけた髪は染めているらしく、真っ黒。普段より化粧が濃いので、もしかすると、これから外出するところなのかもしれない。

「ありがとうございます。これから少し用事があるもので、お茶は次の機会に頂戴します」

「そうですか。お仕事なら仕方ありませんけれど……」

豊島はる子さんが言い淀み、ふと眉をひそめる。振り返ると、開いたままの戸のすぐ外に長岡忠次郎の姿。一体誰を連れてきたのかと、いぶかしく思っているらしい。

「あのう、師匠はご在宅ですか」

「いいえ。それが、外出しておりますの。せっかくおいでいただいたのに、申し訳ありません」

「あ、そうでしたか。それは間が悪かったなあ」

寅市若旦那の推測は外れた。外聞を気にし、息を潜めているほど小心者ではないらしい。

(さて、どうしよう？　師匠への伝言を頼むにしても、まず事情を説明しないことには……だけど、そう簡単にはいかないぞ)

平林が困惑し、黙り込んでいると、長身の連れが彼の肩越しに顔を出し、

「ええ、お初にお目にかかります。長岡忠次郎と申します。実は私《わたくし》、三年前の七夕の晩に、こちらのお宅へ押し入った泥棒でございます」

(お、おい！　何てこと言うんだよ。ざっくばらんはいいが、いくら何でも度が過ぎるだろう)

平林は狼狽した。まさか勝手にこんな名乗りを上げるとは思っていない。

「ど、泥棒？　そんな、白昼堂々と玄関から……」

　はる子さんは顔を引きつらせたが、すぐ地元署の刑事が脇にいることに気づき、

「平林さん、これはどういうこと……あっ！　ひょっとすると、私たちが知らない間に何か盗まれていて、その犯人が逮捕されたのですか」

「いや、そうではありませんが、ただ、どこから説明すればいいか……」

「驚かせてしまいまして、まことに申し訳ございません」

　おろおろしているうちに、長岡が、今度は平林の前へしゃしゃり出ると、

「他人様《ひとさま》から後ろ指を差されるような稼業でしたが、今ではすっかり足を洗いました。ですから、どうかご安心ください。お嬢様」

（ええっ？　お嬢様……ははあ。白内障とは聞いたが、もう相当悪いんだな）

　声が若いのは事実だし、服装や髪形もひどく若作りで、しかも今日は厚化粧。眼の悪い人間が見ると、惑わされてしまう可能性はある。

（それにしても、もう六十近い古女房を師匠の娘だと勘違いするなんて……）

　しかし、長岡のこの発言がはる子さんの態度に意外な変化をもたらした。おびえた表情から一転、満面の笑みとなり、右手でワンピースの襟《えり》を整えたりし始めたのだ。このあたりが、まさに女心の不思議さだろう。

「あの、まあ、足を洗われたと聞いて安心しましたけれど……ところで、なぜうちへお越しになったのでしょう」

「はい。三年前、こちらへ押し入ったのは事実ですが、その時には何一つ盗んでおりません。あなたのお父様に見つかり、意見をされ、お金まで頂戴いたしました」

そこまでは聞いていなかっただけに、平林は驚いた。

「そのおかげで私は改心して、警察に自首し、裁判の結果、懲役三年の刑。本日、刑務所を出たその足でご挨拶に伺ったわけでございます」

「ははあ。そんなことがあったのですか」

「お父様からお聞きになっていませんか」

「いいえ。何も……あっ、ちょっとお待ちください。三年前の、七月ですね。思い出しました。その頃、実家の母……い、いや、母方の祖母が体を壊しまして」

言い直したはる子さんが、横眼でちらりと平林を見て口元をゆるめる。どうやら、今日は『佃家鰕三の娘』で押し通す気らしい。何とも痛々しい小芝居に呆れたが、これは実に困った事態だ。これでもう、脇から訂正できなくなってしまった。

「祖母の看病のために、ちょうどその頃、二カ月ばかり、家を空けたことがございました。たぶん、その間の出来事なんでしょう」

「そうでしたか。しかし、弱りましたねえ、ご不在というのは。私、これから会津まで帰るところでして、その後はめったに上京しないと思うんです。ぜひともお目にかかってお礼を申し上げたかったのですが……」

「ああ、なるほど。でしたら、居場所はわかっておりますので、電話してみます。別に大した用事じゃなくて、行き先は信金ですから」

噂は聞いていた。金満家の師匠は地元信用金庫の上客で、頻繁に訪問してはお茶やコーヒーをご馳走になり、来客用の煙草やティッシュなどを大量にもらってくるらしい。支店の場所は、坂を上がって大久保通《おおくぼどお》りを渡り、地下鉄神楽坂駅の少し手前。ゆっくり歩いても十分はかからない。

二人とも無言で待っていると、家の奥で会話するはる子さんの声。すぐに話が通じたらしく、玄関へ戻ってきて、

「信金におりましたので、きいてみたところ、三年前のどろ……いえ、その方のことはよく覚えているそうです」

実はこの時まで、聞いた内容について疑う気持ちが多少はあったが、おかみさんの言葉で霧散した。三年前の夏、鰕三師匠と長岡忠次郎は確実にこの家で出会っていたのだ。

「で、事情を説明しましたら、『それは殊勝な心がけだ。ぜひ会って励ましてやりたいが、

今、支店長と話をしているところなので、少しだけ待ってもらえ』。ですから、どうぞお上がりになってください。さあ、本当にご遠慮なく」

もともと愛想のいい人だが、とろけるような笑顔は最前の勘違いの賜物だろう。強引に長岡を家へ上げてしまう。

いくら放免されたとはいえ、元泥棒だけを残して姿を消すわけにもいかず、平林は困惑しながら革靴を脱いだ。

11

通されたのは応接間。和洋折衷の建築様式はいわゆる文化住宅の特徴で、大正の後半から昭和初期にかけて大流行した。

広さは六畳で、白いカバーの掛けられた応接セットのほかに、洋酒が並んだサイドボードやステレオがあった。シャンデリア風の照明、黒光りするローテーブルの上には白いレースの布とクリスタルの灰皿。噺家らしからぬモダンさだ。

豊島はる子さんはソファに二人を座らせると、お茶と羊羹でもてなしてくれた。

「何と申しますか、本当に不思議なご縁ですわねえ。長岡様……でしたよね。会津へお戻りになるそうですが、今後はどうなさるおつもりで？」

「知り合いの木工所で、下働きのようなことをさせてもらいます。私、刑務所内で家具をこしらえておりましたから」

「ああ、なるほど。そういえば、うちのポストにも年に一度、矯正展のチラシが入ります。ご立派ですわ。きちんと更生されて」

師匠の娘と勘違いされたことがよほどうれしかったらしく、はる子さんはあくまでも好意的だ。彼女は羊羹に手をつけるよう二人に勧めてから、

「あのう、つかぬことを伺いますが、三年前、うちの父……が、あなたにお金を差し上げたそうですけれど、その金額がいくらだったか、教えていただけますか」

「えっ？　それは、お教えしてもかまいませんが……」

長岡が困惑した表情で平林を見たが、もちろん指示などできる立場ではない。

すると、はる子さんは長岡の返事がないのに少し焦《じ》れたらしく、

「まあ、お伺いしなくても見当はつきます。二千円か三千円、せいぜい五千円がいいところでしょう」

「いえいえ、そんな。まるで桁が違います。その場で財布を取り出して、十万円。何度もご辞退申し上げましたが、どうしてもとおっしゃるもので」

「ええっ……！　じゅ、十万ですって」

その瞬間、はる子さんの背筋が跳ね上がった。

「まさか、信じられませんわ。普段の買い物はもちろん、毎日使うトイレットペーパーの長さにまで口を挟むほどお金に細かい人なんですよ」

平林も仰天していた。大卒初任給の平均が十万円を超え、話題になったのは一昨年のこと。見ず知らずの相手に簡単に恵んでやれる金ではない。

「普段どうなのかは存じませんが……たぶん、私の身の上話を聞いて、同情してくださったんだと思います」

「身の上話って、あなたの？　あのう、もし差し支えなければ、父が戻ってくる前に、私にも聞かせていただけませんか。どうすればそこまで気前がよくなるのか、参考にしたいと思います」

「それは、別に申し上げてもかまいませんが、お嬢様のお耳に入れるような話では……」

長岡が顔をしかめ、また平林の方を見る。少し迷ったが、今度ははっきりとうなずいた。彼自身が興味をもってしまったのだ。

「そうですか。では、お話しします。実は私、地元の中学を卒業後、上京して建設会社に勤めましたが、ふとしたことから道を踏み外し、窃盗常習犯として、前科六犯。お恥ずかしい限りですが……そんな私でも八年前から五年間だけ、すっ堅気になり、真っ当な仕事に就いた時期があったんです」

　幼少期の悲惨な体験談かと思ったら、長岡はわりと最近の出来事について語り出した。それによると、八年前、池袋の飲み屋で働いていた美代子《みよこ》という女性といい仲になり、人生で初めて所帯をもったのだが、彼女には離婚した前夫との間に千佳《ちか》という一人娘がいた。長岡は妻から請われるまま、連れ子との養子縁組も済ませ、狭いアパートを借りて、三人で暮らし始めた。

「美代子は私より十五も年下で、当時、三十代の終わり。それほど年の離れた女をよく引っかけたなと、今の私を見ると不審に思われるでしょうが、二年前に肝臓を悪くするまでは、年より若く見られることの方が多かったんです」

　長岡は寂しげに笑う。十一年前の様子を思い出し、平林は心の中でうなずいた。

「千佳は当時小学一年生。最初はどうなることかと思いましたが、素直で、心根の優しい子でしてねえ、私のことを『お父ちゃん、お父ちゃん』と呼んでくれて……何だか、くすぐったいような変な気持ちでした」

「ははあ。では、奥様とお子さんのために、泥棒をお辞めになったのですね」

「いいえ。結婚した当初は相変わらずでしたが、それから三カ月後、アパートに帰ってみると、千佳が独りでメソメソ泣いております。『どうした？』と尋ねると、見せられたのが美代子の置き手紙。『事情ができたので、家を出ます。ご迷惑をおかけしますが、千佳をよろしくお願いします』……早い話、じゃまな娘を私に押しつけ、男と手に手を取って駆け落ちしたんですよ」

「まあ、そんな……とんでもない性悪《しょうわる》ですわねえ」

　はる子さんが憤慨し、強い口調で非難する。

「私もまさかと驚きました。もちろん腹も立ちましたが、千佳が途方に暮れ、『お父ちゃん、あたし、この家にいてもいいの？』ときくんです。

　考えてみれば、子供には何の罪もない。『あたり前じゃないか。お前はもう父ちゃんの子だ。いつまでだって、ここにいればいい』……で、その日に足を洗いました。もし私が逮捕されるようなことがあれば、千佳の面倒をみる者がいなくなってしまいますから」

「おっしゃる通りですわよ。ご立派なお覚悟だと思います」

「ほめていただくほどのことではありませんが、とにかくその日から、昔取った杵柄《きねづか》、工事現場で死に物狂いになって働きました。千佳の方でも私の気持ちをわかってくれて、何かことあるごとに『お父ちゃん、あたし、親孝行するからね』と、そう言うんです。『絶対に孝行する。優しいお婿さんをもらって、楽させてあげるから安心して』と……実に健気なもんでしたよ。

ところが、千佳が六年生の春、ある日、急に学校で倒れて、救急車で病院へ運ばれました。検査してもらったら、重い白血病だということがわかったんです」

「えっ？　小児性の白血病ですか。まあ、それは大変」

「その日から、私は必死になって美代子を探しました。たとえ口には出さなくても、千佳が母親に会いたがっているのが痛いほど伝わってきましたから。ですが、足を棒にして歩き回っても、何の手がかりも見つからない。そのうちに、千佳はどんどん痩せてきて……でも、私の顔を見ると、『お父ちゃん、私、必ず元気になる。元気になって親孝行する』って、そればかり言うんです。

だけど、その年の暮れでした。骨と皮ばかりになった千佳が私の手を握り、『ごめんね。お父ちゃん、親孝行……できそうもない』って……それが、最後の言葉でした」

語り終え、長岡がこらえきれずに泣き出す。聞いていて、平林も胸が詰まった。

「ほ、本当に、さぞおつらかったでしょうねえ」

はる子さんももらい泣きしながら、ティッシュの箱を差し出す。

「それで、また元の仕事に戻られて、翌年の七月に我が家へ入られたというわけですか」

「……申し訳ありません。まあ、自暴自棄ってやつですよ」

お辞儀してから、長岡が紙を一枚抜き、涙を拭う。

「建設会社も辞め、義理の娘との思い出が染みついた家にはとても住んでいられませんから、高崎にいた昔の悪い仲間を頼りました。酒に溺れ、金がなくなると、盗みを働く。それも下調べは何もせず、完全にあたりばったりです。いつお縄になってもかまわないと思ってました。

群馬県内が主な仕事場でしたが、気が向くと、月に一、二度、東京に舞い戻ることもありました。で、こちらのお宅へ忍び込んだら、台所で故郷の酒の一升瓶を見つけまして、普段はそんなまねはしませんが、気が弱くなっていたこともあって、つい手が伸びてしまい、意地汚く飲んでるところを……」

「そこを、うちの、父が見つけたというわけですか」

「はい。そのまま警察に突き出されてあたり前だったのですが、お父様が『お前、なぜ泣きながら酒を飲んでる？　訳を話してみろ』……本当にお優しい方ですねえ。そして、私が洗いざらい申し上げたら、十万円差し出し、『これをやるから真人間になれ。もしお前がまた牢屋に入ったら、誰が娘さんに水や花を供えるんだ。それよりも、一生懸命働いて、立派なお墓を建ててやれ』……その言葉を聞いた私は脳天を殴られたような気がしましてね、まずはきれいな体になろうと思い、警察へ自首したんです」

「へえ。あの人にもそんな一面があったんですねえ。私、すっかり見直しました」

　はる子さんが大きく眼を見張り、何度もうなずく。その様子を眺めながら、平林は胸の内にわだかまっていた謎が解けたのを感じた。

（こんな話を聞かせられれば、そりゃ、財布の紐だってゆるむよなあ。もともと金はあるんだし……もしかすると、その時、師匠は『文七元結』の長兵衛になりきっていたのかもしれないぞ。そのあたりがやっぱり噺家だ）

「ところで、あなた、それほど好きなお酒、もうお飲みになられたのですか」

「いいえ。刑務所を出たその足で伺いましたから、もちろんまだ飲んじゃおりません」

「だったら、うちで一杯お飲《や》りになったらいかがです？　銘柄は違うかもしれませんが、ちょうど会津のお酒がありますから」

　よほど感動したのだろう。はる子さんは返事も聞かずに立ち上がり、応接間から走り出ていった。

12

「恩人にお礼を言いに来たのに、お酒を頂戴するだなんて……弱りましたねえ。どうしましょう」

長岡忠次郎は本当に困っている様子だった。あっという間の出来事だったから、辞退する暇などなかった。

「いいじゃないか。鰕三師匠も何だか手間取っているみたいだし、放免祝いに、一口ご馳走になるくらいは」

「そうおっしゃいますけど、私、手ぶらで来ちゃったんですよ」

「一丁前のことを言うな。刑務所を出た、その足で来たんだからあたり前……そうだ。さっきの話、俺も初耳だったが、義理の娘さんのお骨《こつ》はどうした？　懲役に行く前に納骨を済ませたのか」

「いいえ。そもそも墓がありませんよ。自首する前、千住のお骨は高崎に住む知り合いに預かってもらいました。今朝、そこに寄って受け取り、今はほかの荷物と一緒に上野《うえの》駅のコインロッカーに入れてあります。まさか、首からぶら下げて家を捜し歩くわけにはいきませんから」

「そりゃ、そうだなあ。そのままの格好でうちの署に来られたら、さすがにこっちも迷惑だ」

そんな話をしているうちに、はる子さんが応接間へ戻ってきた。左手にグラスと食器が載った木の盆を携え、右手に清酒の四合瓶を提げている。

「急なことでしたので、何の用意もございません。あの人の晩酌の肴《さかな》はいつもこの二品《ふたしな》。ほかには何もいらないと申しまして」

テーブルに並べられたのはアサリの佃煮と白菜の塩漬けだった。

「あのう、せっかくのご厚意ですが、やはりご辞退申し上げます。これ以上、ご迷惑をおかけするのは……おや？　それは……」

長岡の態度が急変したのは、テーブルの上に置かれた四合瓶を見た時だった。

「そのお酒、国権《こっけん》ですよね。瓶を拝見……間違いありません。あの晩と同じでございます」

ラベルを眺め、長岡が感にたえた口調で言った。

「奥会津の只見《ただみ》町が私の田舎でして、そこで作ってる酒なんです。いや、懐かしいなあ」

会津の国権酒造は香り高い吟醸酒が有名で、平林も噂は聞いていた。創業が明治。やや不思議な命名も自由民権運動を背景としているらしい。

「お話を伺って、たぶんそうだろうと思いました。締まり屋の父もこれだけは贅沢を申しまして、わざわざ蔵元から取り寄せておりますの」

「そうですか。では、ずうずうしい話ですが、本当にこれに一杯だけ頂戴します」

故郷の酒の誘惑には抗えないらしく、長岡がグラスを差し出す。平林も飲んでみたかったが、勤務中なので、諦めるしかない。

小ぶりの器に注がれた山吹色の液体を、長岡はしばらくじっと見つめてから、

「すみません。ありがたく頂戴いたします」

会釈をし、口をつける。脇で見ていて、思わず喉が鳴ってしまった。

「……いやあ、久方ぶりの酒の味はたまりません。まさに五臓六腑に染み渡ります」

体の奥底から絞り出すような声だった。

「それはようございました。どうぞお肴にも、箸をおつけください」

長岡がアサリの佃煮と白菜を口へ運び、特に漬物の味を絶賛した。それから、グラスに残っていた酒をぐいと飲み干し、

「ご馳走様でござ……い、いいえ、もう結構です。丸三年も禁酒していたせいで、コップ一杯いただいただけで、酔っちまいました。いやあ、お父様も粋《いき》な方でしたが、さすがあの方のお嬢様ですねえ。ご馳走にあずかり、感激いたしました」

またまた『お嬢様』と言われ、はる子さんが相好《そうごう》を崩す。ところが、その直後、

「それにしても、お父様は実にご立派だ。男っぷりもいいが、それ以上に気《き》っ風《ぷ》がいい。ご自分でもおっしゃってましたが、あれなら、おもてになるのが当然だ。女どもが放って

おきませんよ」

　その瞬間、はる子さんの表情が険しくなったが、すぐに作り笑いを浮かべると、

「ほめていただくほどのことはありませんが……うちの父、何か申しておりましたか」

「別に大した話じゃないんですよ。私があんまりメソメソ泣くもんだから、『生きていればいいこともある』と励ましてくだすったんです。そして、一緒に飲んでいるうちに、ご自分の武勇伝もお語りに……あははは。思い出しますねえ。まさに山椒はヒリリとからい。お年を召しても実にご盛んなことで……」

「あの、あなた、お代わり、いかがです？　さあ、どうぞご遠慮なく」

　明らかに不穏な気配だが、長岡は「そんな、だめですよ」と言いながら、結局はグラスを差し出す。

「どうも申し訳ありません。せっかく勧めていただいて、お断りするのも失礼ですから……ねえ、そうですよね」

　同意を求められた平林は眉をひそめて見せたが、長岡はまるで気がつかない。

「いやあ、三年ぶりの酒は本当に効きます。酔い心地も何とも言えず結構ですねえ」

「それで、長岡さん、さっきおっしゃっていた父の武勇伝というのは……」

「えっ？　あははは！　喋ってもかまいませんが、お母様には絶対内緒ですよ」

会話を続ける二人から顔を背け、平林はひたすら玄関の気配を窺っていたが、鰕三師匠はまだ帰ってくる様子がない。

「万一、あなたのお母様の耳に入ると、離婚の原因になりかねませんから。あの、まさか、ご在宅なんてことは……」

「いいえ。母は出かけております。夜まで帰ってまいりません」

「だったら、ここだけの話ということで。実はですねえ、豊島さん……鰕三師匠か。どっちでもかまいませんが、脇に女を囲ってるそうですよ」

「ええっ……あら、まあ。堅そうに見えますけど、陰でそんなことをしてましたか。それで、相手の女というのは……」

「年がまだ二十歳で……ああ、今は二十三でしょうね。まだ続いていれば、ですが」

「な、何ですって？　二十三……もっと、ぐっとお飲《や》りください」

恐る恐る視線を向けると、はる子さんの顔から笑みが消え、眉が吊り上がっていた。不機嫌な時の妻の顔が頭に浮かび、平林はあわてて視線を逸らす。これでも何も感じないということは、長岡の白内障はやはり相当重症らしい。

「そんな若い娘を、しゅ……いえ、父は一体どこで見つけたんでしょう」

「赤坂のアルサロだと言ってました。写真も見せてもらいましたが、すごい美人で、スタイルも抜群。私みたいな爺さんが見ても鼻血が出そうでしたよ」

『アルサロ』はアルバイトサロンの略。素人女性の接待を売り物にしたバーのことだ。平林は困り果てたが、連れてきた責任があるので、こっそり逃げ出すわけにもいかない。

「いやあ、これぞ男の甲斐性！　おうらやましい限りですよ。そんないい女にマンションを買い与え、足しげく通ってらっしゃる。お父様はその道の達人ですなあ」

「マンションを買ったぁ？　そ、そんな……家ではトイレで流す水の量まで口うるさく言うくせに！」

　般若の表情になったはる子さんは、すでに中身がわずかになった四合瓶を傾け、

「向こうにもありますから、どんどんお飲みください。父に女がいることはわかりましたが、では、本妻である、うちの母……については、どう思ってるのでしょう？」

「あなたのお母様ですか。うふふふふ。何だか、ぼろくそに言ってたなあ」

　いくら何でも限度がある。平林が制止しようとした、その時だった。

「そうそう。『あんな雌豚、そのうち家から叩き出してやる。今、うまい口実を探してるところだ』って……グエッ！　く、苦しい」

　はる子さんが突然大きく身を乗り出し、長岡の胸倉を両手でつかんだのだ。

「な、何ですか、お嬢さん。いきなり、そんな……」

「見りゃ、わかるでしょ。娘じゃなくて女房よ。あなた、私をからかいに来たのね」

「ええっ、女房？　い、いまさら、そんなこと言われても……」

事の重大さに気づき、長岡が激しくうろたえる。そのうちに二人とも椅子から立ち上がり、もみ合いが始まったので、さすがに平林も傍観してはいられなくなった。

「おかみさん、落ち着いて。とりあえず、手を放してください。だから、その手を……」

強引に二人を分けた次の瞬間、長岡がぱっと脇へ跳び離れると、「申し訳ございませんでした！」と一礼し、部屋の入口のドアへ衝突したりしながら、あわただしく、その場から逃走した。

攻撃対象を失ったはる子さんは、今度は平林につかみかからんばかりの勢いで、

「刑事さん、一体どういうつもりで、あんな人をうちへ連れてきたんです？　わかった。あなた、主人とぐるなのね。さっきの泥棒や、その赤坂の女もみんな仲間なんだわ！」

こうなると、何を言ってもむだ。ほうほうの体《てい》で家を飛び出し、二、三十メートル坂を下りたところで、平林はようやく一息ついた。

（まったく、とんだ災難だった。『真景《しんけい》累《かさね》ケ《が》淵《ふち》』の豊志賀《とよしが》じゃないけれど、年上の女房の嫉妬は恐ろしい……ん？　あれは……）

ふと振り返って見ると、本多横丁の方から茶のコートを着て、右手に黒の革バッグを提

げた鰕三師匠がやってきた。

(今頃になって、戻ってきたか。まさか、黙ってすれ違うわけにはいかないよなあ)

「いやあ、平林さん。お待たせしちゃって申し訳ありませんでした」

仕方なく平林が歩み寄ると、知らぬが仏で、鰕三師匠は珍しく愛想のいい笑顔を見せる。

「なるべく早く話を切り上げようとしたんだが、新しい商品があるから定期を積み替えろと、支店長がしつこくてね。ようやく逃げてきたんですよ。あの時の泥棒は、まだ私の家《うち》にいるんでしょう」

そう尋ねられ、平林は答えに詰まる。すると、師匠はそれを肯定の返事と受け取ったらしく、

「いやあ、酒好きでだらしがねえ盗人《ぬすっと》で、うちの酒を飲んで酔っ払ってるところを、あたしが見つけたんです。ずうずうしい野郎で、あたしがすぐ後ろに立っても全然気づかずに飲んでやがる。首根っこをつかまえて、警察までぶら下げてってやろうかと思ったんだが、まだ何も盗んでないと言うもんだからね」

「いや、それが……どう説明すればいいかな。その元泥棒は私よりも早く、お宅から姿を消しました」

「姿を消した？　どういうことです」

「実は、そのう、奥様を交えて三人で話をするうちに、ひょんなことから、師匠に二号さんがいるという事実が暴露されてしまったんですよ」

「ええっ？　まさか……そ、そりゃ、まずい。一大事だ」

　鰕三師匠は驚愕の表情を浮かべ、持っていたバッグを取り落としそうになった。

「うちの山の神は怒ると手がつけられねえんですよ。ヒステリーとかいうやつで」

『実は、うちも』という言葉が喉まで出かかったが、同類相哀れんでいるような状況ではない。

「だけど、平林さん、そんなことがどうして明るみに出たんです。もしかして、あなたが？」

「滅相もない。私じゃなくて泥棒、いや、元泥棒の口から露見したというわけです」

「元泥棒？　なぜあいつが……そんなはずないんだがなあ」

「とにかく、そういうことです。連れは先に逃げちまいましたから、私もこれで失礼します。あとのことは、どうぞよろしく」

　そう言い置くと、平林は後ろも見ずに全力で芸者新道の坂を下り始めた。

13

「……というわけなんです。いやあ、今度という今度はまいりました」

話し終えた平林は眼の前の湯飲みからお茶をすすり、小さなため息をついた。

「鰕三師匠にとって不名誉にはならないと思ってお話ししましたが、差し障りのある内容も含んでおりましたので、ご他言はご無用でお願いいたします」

「はいはい。わかってますよ。心配するには及ばないが……しかし、平林さんも本当に災難だったねえ。それじゃ、とても『天のなす災いだ』なぞとは言っていられない」

高座と同じ口調で慰められ、平林は思わず笑ってしまった。正蔵師匠が演じる『天災』という噺で、紅羅坊名丸《べにらぼうなまる》という心学の先生が暴れん坊の八五郎を『天のなす災い。これすなわち天災だ』と諭す場面があるのだ。

翌日の午前十時過ぎ、平林は正蔵師匠の自宅を訪れていた。浅草通りより一本北側の小道に戦火を免れた二階建ての四軒長屋があり、東の端が師匠の家だ。

玄関には紺地に白く光琳蔦《こうりんづた》を染め抜いた暖簾《のれん》が掛けられていて、それを潜《くぐ》ると、三和土《たたき》の左手に二畳の小部屋があり、奥が居間兼客間。小さな机を前に、師匠が腰を下ろしていた。平林の座布団はその真向かいに置かれている。

「しかし、話を聞いて、あたしもびっくりしたよ。こう言っちゃ悪いが、鰕三さんの六日知らずは有名だったからね」

握り屋、しまり屋、しわい屋、赤螺屋《あかにしや》と、けちん坊の別称は数多いが、『六日知らず』はそれらの中でも最高ランク。

『一日、二日、三日、四日、五日と指を折って数えると、六日めからはこう開かなくちゃなりませんが』

これも師匠の十八番である『しわい屋』が耳元に蘇ってくる。

『せっかく握ったもんだから、放すのは惜しいってんで六日は数えない。これが六日知らずでございます』

「でも、これからは悪口を言ったら罰《ばち》があたるね。盗人に金を恵んで改心させるなんて、なかなかできることじゃないもの。

まあ、考えてみればいろいろと誤解の多い人ではあるんだ。よく『金が目当てで財産家に婿入りした』なんて陰口叩くやつがあるけど、そうじゃない。あの人は自分の名前が嫌でたまらなかったのさ。はる子さん……と言ったかな。あのかみさんは別に金なんぞ持っちゃいなかった」

「えっ、そうだったのですか。ずいぶん立派なお宅にお住まいですが……」

「あすこはかみさんの伯父か大伯父の家だと聞いたが、生前には交際していなかったらしい。鰕三さんと所帯をもって十年後くらいに、相続者がほかに誰もいないことが判明して、手続きを取った。だから、家屋敷も土地もみんなかみさんの名義だと聞いたよ」

「ははあ。だから、浮気がばれた時、あんなにあわてたのですね。資産の運用を任されているせいで、信金の支店長が下にも置かないもてなしをしてくれるが、土地や家屋の名義はおかみさんだから、つむじを曲げられると、とんでもないことになる。鰕三師匠、『うちの山の神は怒ると手がつけられない』なんて嘆いていましたよ」

「あそこはたしか七つか八つ、姉さん女房のはずだ。年上女の焼き餅てえものは恐ろしいからなあ」

そう言って、正蔵師匠が自分の脇に置かれた長火鉢の縁に手を載せた時、

「たとえ年が下だろうと、焼く時は焼きますけどね」

実にいい間で声をかけたのは、火鉢の向こうに控えていた師匠のおかみさん。こちらは九歳下だと聞いたが、それよりも若く見え、黒々とした引っつめ髪がよく似合っていた。

「だからねえ、旦那も安心は禁物ですよ」

鋭く釘を刺された師匠は小さな咳払いを一つしてから、

「……前言撤回します。年に関わりなく、女は怖い。平林さんも気をつけた方がいいね」

「いえいえ。私も女房は怖いですが、甲斐性なしなので、その点は大丈夫です。そんなことよりも師匠、さっき、鰕三師匠が自分の名前を嫌っていたとおっしゃいましたが、それは芸名ではなく、本名の方でしょうか」

「もちろんさ。あの人は現在豊島清五郎だが、入夫《にゅうふ》する前の姓は柴田《しばた》だった」

「すると、柴田清五郎。ええと、どこかで聞いた気が……」

「平林さんくらいの通《つう》ならば聞き覚えがあって当然さ。柴田清五郎というのは住吉町《すみよしちょう》さんの本名だからね」

「住吉町というと……あっ！　では、よりにもよって、あの橘家圓喬《たちばなやえんきょう》師匠と同姓同名だったのですか」

　四代目橘家圓喬は明治期に活躍し、故三遊亭圓生師匠や故桂文楽師匠など、当時を知る誰もが絶賛する、まさに名人の中の名人だ。

「それだけならまだしも、因果なことに顔立ちまでちょいと似てるから、何かにつけてそれを言われるのが嫌で嫌でたまらなかったらしい」

「それで、結婚される際、奥さんの名字に……なるほど。その気持ちはわかりますねえ」

　国定忠治と同姓同名であることが原因で悪の道へ走った長岡忠次郎の、いわば逆のケースだ。鰕三師匠が噺家として世をすねてしまったのも、握り屋として後ろ指を差されるようになったのも、たぶんそれが原因だろう。若い時分によほど嫌な思いをしたに違いない。

「だから、同情すべき点はあるんだが……利子を取って仲間に金を貸すのはいただけないなあ。しかも、その用途が博打だなんて、とんでもねえこった。あたしゃ、賭け事が大嫌いでね、蕎麦でもカケはやらずにモリを頼むくらいなんだ」

「確かに問題です。麻雀も遊び程度なら目くじらを立てる必要はありませんが、度が過ぎると、我々も動かざるを得ない。まして、その元手を貸す行為となると……表沙汰になる前に、何とかした方がよさそうですね」

「平林さん、この件はあたしにしばらく預からせてもらえませんか。鰕三さん独りの問題ならまだいいが、下手をすると、楽屋内から縄つきを何人も出すはめになりかねない」

「ありがとうございます。ぜひよろしくお願いいたします。それで、そのう……ああ、どうもすみません」

おかみさんがお茶をさし替えてくれる。平林はそれを一口すすってから、

「つい長くなってしまいました。そろそろ、猪狩文吉の話に戻りたいと思いますが……」

「ああ、そうだった。ごめんごめん。こいつはあたしが悪かったよ」

苦笑いしながら、師匠が頭を下げる。

「根が聞きたがりなものだから、途中で平林さんが話を切り上げにかかってるのはわかったんだが、質問攻めにして、終《しま》いまで喋らせちまった。気を悪くしないでおくれ」

「いいえ。そんな……滅相もありません」

そうなのだ。今日の訪問の目的は神楽坂の遠藤カメラ店で起きた昏睡強盗事件について、正蔵師匠の意見を聞くこと。一通りの説明を終え、さて、それではと思った時、平林が何気なくつぶやいたのがいけなかった。

『窃盗常習者というのは薬物中毒と一緒で、なかなか足が洗えないものです。昨日、ごく珍しいその例外に出会いましたが……』

『ほほう。そりゃ、おもしろそうだねえ』

そこから、脇道へ入ってしまったのだ。

「しかし、無理を言ったかいはあったね。泥棒が義理の娘の健気さに打たれ、真人間を志したなんてあたりは、そのまま人情噺に仕立てても立派に通用する。だけど、本題はあくまでも蜘蛛舞の文吉……あたしゃ、知らなかったが、脱靴侵入なんて手口はそんなに珍しいんですか」

「はい。ごく珍しいですし、仮にあったとしても、古い家へ押し入ったら床や階段がギシギシ音を立てるので、仕方なく靴を脱いだ。そんなケースがほとんどです。常に土足を避けるノビ師は、文吉以外、私は知りません」

「だったら、そいつの仕業と疑うのも無理はない。だけど、若い娘の下着には手を出してなかったので、そこがどうも腑に落ちないというわけだね」

「おっしゃる通りです。何か大事なことを見落としている気がするので、ご助言をいただければありがたいのですが……」

「うーん。助言したいのは山々だけどねえ」

　師匠は腕を組むと、微かにうなり、さらに小首を傾げると、

「丁寧に説明してもらってすまないが、今回は何も思い浮かばないなあ。ご助言は縮れっ毛の高島田《たかしまだ》だよ」

「縮れっ毛のタカ……ああ、わかりました」

『やかん』という噺に出てくるシャレで、『結う（言う）に結い（言い）にくい』。

「そうですよねえ。ご無理なお願いをしてしまい、申し訳ありませんでした」

「いやいや。ご期待に沿えなくて、申し訳ないのはこっちだよ。それにしても、その文吉てえ盗人、眠り薬を使ったり、女性の下ばきを脱がせたり、実にけしからんやつだけど、他人様《ひとさま》の家の床を土足で汚さないてえとこだけはまともだね。飛ぶ鳥跡を濁さず。もしもあたしが商売替えするのなら、そういう泥棒になりたいもんだ」

平林は絶句してしまった。もちろん本気のはずはないが、真面目な顔で言われると、返事に困ってしまう。

話の接ぎ穂が失われ、しばらく沈黙が続いたあとで、部屋の隅に置かれていた電話が鳴り出した。

14

三回めの呼び出し音の途中で、おかみさんが受話器を取り上げる。

「もしもし。林家でございます。あら、まあ、ごぶさたをいたしました」

応対ぶりから、てっきり師匠への電話だと思ったのだが、

「はい。お見えになってますが……いいえ、それはまだです。旦那は朝早くから出かけておりまして、お待ちいただいてるところなんですよ。あ、はい。では、ただいま……平林さん、あなたにお電話」

送話口を手で押さえながら、おかみさんが小声で言った。

「はい？　あの、私に……誰からですか」

「鰕三さん。神楽坂の警察へ電話して、うちにいるはずだって言われたみたい」

（ははあ。それで、俺が師匠とまだ会ってないと嘘をついてくれたのか）

もちろん、行き先は上司にも伝えてある。同じ噺家ならば教えても問題ないとの判断だろうが、おかみさんのとっさの機転がなければ、面倒が起きるところだった。

部屋の隅まで行き、おかみさんから受話器を受け取る。

「はい。もしもし。お電話代わりました」

『あっ、平林さん。つかまえた。ひどい人だねえ、あんたは！』

怒気を含んだ声がいきなり耳に嚙みついてきた。

「師匠、どうされました？　ちゃんと説明していただかないと、事情がわかりませんが」

『とぼけないでくださいよ。あんたがあんなおかしな野郎さえ連れて来なければ、こんな騒ぎになっちゃいない。しかも、よりにもよって、あたしが留守の間に』

（……ああ、やっぱりか。そこをつかれると、弱いなあ）

師匠が不在だとわかった時点で辞去すればよかったのだが、後悔先に立たずである。

『あたしは家を追い出されちまって、昨夜《ゆんべ》はよんどころなく知り合いの家《うち》に泊めてもらいました。何もかもあんたの責任ですよ。山の神は頭に来て泣きわめいてるし、言ってることも支離滅裂。何の恨みがあって、うちの女房にデタラメを吹き込んだんですか』

鰕三師匠は険しい口調で言い募った。

『三年前の七夕の晩に見逃してやった泥棒は、あたしの女出入りなんて知らないはずだし、それに、あたしはあいつに金を恵んでやった覚えなんてありませんよ』

「えっ、恵んでない？　いや、そんなはずは……」

『当の本人が言ってるんだから間違いない。まるで根も葉もない話なんだ。いいですか。とにかく、今日中にあなたの責任で何とかして……あっ！　それから、この件は稲荷町の師匠には内緒ですからね。頼みましたよ』

　一方的に要求し、返事を待つこともなく、電話は切れた。最後になり、二人称が『あんた』から『あなた』に変化したのは、言いたいことを言って少しは気が晴れたせいだろう。

　平林が顔をしかめながら受話器を置くと、

「鰕三さん、何だって？　もし差し障りがなければ、聞かせてもらえないかな」

「口止めされましたから差し障りはありますが、今日、私が師匠に会わずに帰ったことにすれば問題ないでしょう。おかみさんの早速《さそく》の働きのおかげです。私のせいで、家を追い出されたという苦情でしたが……それとは別に、何だか不思議なことを言ってましたよ。鰕三師匠は長岡忠次郎に金を恵んだ覚えなどないそうです」

「覚えがない？　そりゃ、妙だねえ。金をやらずに『やった』と言うならわかるが、その逆ってのは……自分の善行を隠す必要なんてないと思うがなあ」

「おっしゃる通りです。ひょっとして、長岡の方が出任せを言ったのでは……」

「それもおかしな話だよ。金をもらってもいない相手のところへ刑事をだまして連れていき、一体何をしようってんだい」

「確かに変ですね。それに私の心証としても、長岡が嘘をついているようには思えません」

「そうだろう。千佳ちゃんて子の話だって、あたしゃ平林さんが語るのを聞いて、もらい泣きしそうになったんだ。もし直接聞いちまったら……ん？　ちょいと待っとくれよ」

正蔵師匠は天井へ視線を投げ、しばらく考えていたが、やがて平林の方を向くと、

「あのさ、ほら、直接話法と間接話法てえのがあるだろう」

「え……ええ。ございますね」

「ついさっきの電話だけど、鰕三さんがあなたに何と言ったか。そのまんまを教えてもらえないかな」

「あ、はい。承知いたしました。それでは、ええと……」

求めに応じ、平林が最前の会話を再現すると、師匠はさらに、

「なるほど。じゃあ、次にクニサダ……いや、長岡忠次郎の鰕三さん評も直接話法でお願いします」

「長岡が師匠をどう評したか、ですか。あの時、やつは酔っておりましたから、取りとめがなかった気がしますが……」

平林は右手の甲を額にあて、懸命に記憶をたどりながら、

「あの時、長岡は鰕三師匠のおかみさんを娘だと勘違いしてましたが……ええと、『お父様は実にご立派だ。男っぷりもいいが、気《き》っ風《ぷ》もいい』。細かい相違点はあると思いますが、そこはご容赦ください。

『あれならおもてになるのが当然だ。女たちが放っておきません』。あとは、『山椒はヒリリとからい。お年を召していても、実にご盛んなことで』……てなところでしょうか」

「ほほう。こいつはおもしろいねえ」

師匠は上機嫌でうなずいてくれたが、どこが気に入られたのか、見当もつかない。

「ついでと言っちゃあ何だが、鰕三さんは三年前の泥棒について、どんなやつだと言ってたんだね」

「はい？　つまり、今度は鰕三師匠の長岡評ですか。道端での短い立ち話でしたから、それについては何も……いや、皆無というわけではなかったな。風貌についてではありませんけど、『酒好きのだらしない盗人で、うちの酒を飲んで酔っているところを、あたしが見つけた。首根っこをつかまえて、警察までぶら下げていこうかと思ったんだが、まだ何

も盗んでないと言うので許してやった』。少しは抜けたところもあるでしょうが、そんなことをおっしゃってました」

「それで充分。おかげで謎が解けたよ」

正蔵師匠が満面の笑みを浮かべる。

「こんなことが実際にあるのかい。いやあ、何とも奇抜なもんだねえ」

15

「謎が解けた？　あの、それはもちろん、結構なことですが……」

あまりにも突然の宣言に、平林は喜ぶよりも驚いてしまった。

『奇抜な』というのは師匠独特の表現だが、これが口から飛び出した直後、思いがけない真相が語られたことが過去に何度もある。いわば探偵の決め台詞なのだ。

「私の頭の鈍いせいか、おっしゃっている意味が理解できません。解けたというのは、何にまつわる謎なのでしょうか」

「決まってるじゃないか。平林さんが本日お越しになった目的は何だね」

「それは、神楽坂で発生した昏睡強盗事件について……えっ？　まさか、その事件の真相がおわかりになったはずはありませんよね」

「いや、そのまさかだよ」

師匠がおもむろにうなずく。その様子を見て、平林の困惑は極致に達してしまった。

(ばかな……そんなことあるわけがない。はったりに決まってる)

信頼している師匠の言葉であっても、今回ばかりはとても信じる気にはなれなかった。

(だって、最前のやり取りは鰕三師匠宅での出来事についてで、強盗事件とはまったく無関係だ。もしかして、何かの冗談のつもりで――)

「冗談じゃないし、はったりでもないよ。大真面目に言ってるんだ」

どうやら、心の内を見透かされてしまったらしい。

「順序立てて説明してあげよう。いいかい。芸者新道《じんみち》で出会った時、鰕三さんは三年前の泥棒をどうするつもりだったと言ったね」

「えっ？　ですから、あの……すみません。それは強盗事件とは関係のない話ですよね」

「頭からそう決めつけちゃいけない。犯罪捜査のプロに向かって失礼な言い草ではあるが、まずは質問に答えてもらえないかな」

「いいえ。失礼などということはありません。では、お答えいたしますが、ええと、鰕三師匠が三年前の泥棒を……そうか。『首根っこをつかまえて、警察までぶら下げていく』

とかおっしゃってました」

「不自然だとは思わないかい」

「不自然……？　何がでしょうか」

「関係者の人となりについては、一通り説明を受けたがね、鰕三さんと忠治も、どきとどっちが背が高い？」

「ああ。それはもちろん、長岡の方が……」

　平林は言葉に詰まった。実際の場面を頭に描き、強い違和感を覚えたせいである。

（……待てよ。鰕三師匠の身長が百七十センチほどなのに対し、長岡は百八十以上あるぞ）

「わかったかい。手前《てめえ》より三寸も上背《うわぜい》のある相手をぶる下げたりしたら、足を引きずっちまって、前へ進めやしない。これと同様のことが、長岡忠次郎の証言の中にもあるんだ。盗みに入った家の主について、やつは何と言ったね」

「ですから、それは、山椒はヒリリとからい……あれ？　考えてみれば、これも変だ」

「そうだろう。文治《ぶんじ》さんの十八番だったがねえ」

　すぐ近くの長屋に住んでいて、去年の春に亡くなった九代目桂文治師匠のことだ。愛嬌があり、飄々《ひょうひょう》とした芸風だったこの師匠のもちネタの一つが『小粒』で、ほかに演り手がなかった。

この噺の中に、背が低いせいで周囲からばかにされている男が知り合いの先生に教えられ、友達に啖呵《たんか》を切る場面がある。

『浅草の観音様は身の丈が一寸八分でも十八間《けん》四方のお堂の主《あるじ》だ。仁王《におう》様は柄は大きくても門番だ。山椒は小粒でもヒリリとからいぞ』

「いくら自分より背が低いからといって、人並み以上の背丈の鰕三師匠をそんなふうに言うはずは……あっ、そうだ。たった今気づきましたが、『お年を召している』はそれ以上に不自然です。鰕三師匠は長岡より五、六歳も年下……これほど明らかな矛盾に、なぜ今まで気がつかなかったんだろう」

平林は自分自身の迂闊《うかつ》さに呆れ返ってしまったのだが、

「その矛盾は、すぐに解消されると思うよ」

師匠は冷静に一歩先へと踏み出す。

「鰕三さんと長岡、双方の言い分を整理してみよう。三年前、二人が出会った相手は体つきが小柄で、年は六十二よりかなり上……七十《しちじゅう》くらいかねえ。大金を恵むくらいだから結構な金持ちで、しかも気前がいい」

「ちょ、ちょっと待ってください、師匠」

ついにたまらず、平林が両手を挙げ、師匠を制した。

「今のお話を伺い、条件に合致する人間が思い浮かびました。蜘蛛舞の文吉ですが……やつはせいぜい中学生くらいの背丈、つまり百五十センチくらいしかありませんし、年も七十一。悪事を続けていたとすれば金回りはいいはずですし、義賊を気取るようなやつですから、身の上話に同情してポンと十万円放り出したのもうなずけます。

でもですよ、鰕三師匠と長岡が二人揃って猪狩文吉に会ったはずが……ええっ！　じゃあ、ひょっとして……」

その瞬間、平林の全身に稲妻で貫かれたような衝撃が走った。

「すると……その晩、鰕三師匠の自宅で、ノビ師が二人、鉢合わせをしていたのですか」

「それしか考えられないね。だから、あたしは奇抜だと言ったんだ」

（……なるほど。そういうことだったのか。それで、何もかもつじつまが合う）

平林の頭が勢いよく回転し始める。

三年前の七月七日の深夜、義理の娘の死で自暴自棄になっていた長岡忠次郎は神楽坂芸者新道の佃家鰕三師匠の自宅へ忍び込んだ。そこで金品を物色中、たまたま故郷の只見町で醸《かも》された清酒を見つけ、懐かしさから飲み始めたのだが、酔うにつれて千佳ちゃんのことを思い出し、ついには泣き出してしまう。

同じ家に少し遅れて押し入ったのが蜘蛛舞の文吉こと、猪狩文吉。彼は泣きながら酒を飲んでいる男を見て不審に思い、あたかもその家の主人のようなふりをして声をかけた。

事情を聞いた文吉は長岡に同情して、『真人間になれ』という忠告とともに十万円を渡し、逃がしてやる。そして、たぶん『いいことをすると、気分がいいぜ』とか何とか言いながら酒を飲み続けている時、鰕三師匠に見とがめられたというわけだ。

「……なるほど。文吉は強姦罪こそ犯さないものの、無類の女好きですから、若い頃の武勇伝など数えきれないはずだし、当時六十代後半ですが、若い女を囲っていてもおかしくない。酔って、そのあたりのことを長岡にペラペラ喋ったのでしょう。

一方、文吉を見つけた鰕三師匠も、芸人仲間に博打の金を融通しているという弱みがあるから、できれば警察とは関わりたくない。だから、通報を控えたのだと思います」

「いやあ、お見事。さすがは警視庁刑事部捜査三課にこの人ありと言われただけあるね」

師匠が拍手するのを見た平林は、首を大きく振って、

「いいえ。そんな……お恥ずかしい限りです。ノビ師や空き巣の鉢合わせという例が過去になかったわけではありませんが、ごくごくまれなので、その可能性は考えませんでした。ただ、長岡の手口は熟知していますが、やつは靴なんか脱ぎません。だから、鰕三師匠が文吉を発見した時、廊下や部屋の床に足跡が残っていたと思うのですが」

「そりゃ、あっただろうな。もしなければ、その少し前、文吉が長岡を見つけた時、酒を飲んでいるのがその家《や》の主か泥棒か判別がつかねえもの」

　長岡が部屋の照明をともすはずはないから、懐中電灯を携えた文吉が忍び込んだ時点で、彼には家の中で何が起きているか認識できたと考えられる。そこは修羅場をさんざん経験した盗人だけに、先客がいるのを承知の上で様子を窺うことに決めたのだろう。

「眼の前にいる泥棒は靴を脱いでいるのに、床が泥で汚れている。確かに矛盾には違いないが、その光景を見た鰕三さんがもう一人の泥棒の存在に気づけたかというと……どうだい？」

「それは無理ですね。常識がじゃましますから。いったん土足で入ったあと、靴を脱いだとでも考えるのが普通です。叱りつけて、掃除をさせて……いや、大急ぎで追い払ってから、自分で床を拭いたのかもしれない。とにかく、これで違和感が払拭されました」

「蜘蛛舞の文吉が三年の間、江戸を売ったのも、たぶん鰕三さんの家で危ないめに遭ったせいだろうな」

「江戸を売る？　ははあ。すると、やはり中国・四国地方で脱靴侵入をくり返していたノビ師は文吉だったのですね。まあ、その可能性が高いと睨んではいましたが……」

「そして、ほとぼりを冷まし、東京へ舞い戻ってきたわけだ」

「あの、舞い戻るというと……」

「おや。とっくにお見通しだと思った。例の事件の犯人も蜘蛛舞の文吉だよ。場所も同じ神楽坂で、三年前とまったく同様の事態が起きていたわけだ」

「えっ……？　まったく同様の、ですか」

その言葉の意味がすぐには理解できなかった。

「例のというのは、もちろん今日ご相談に上がった事件ですよね。あれが文吉の仕業だとして、同じ事態……ああっ！　わ、わかりましたぁ」

さらに強烈な二度めの衝撃が平林を襲った。

「では、遠藤カメラ店でも鉢合わせが起きていたのですか。しかも、三年前とは違い、今度は文吉の方が先に押し入って……」

あり得ないことではないと、平林は思った。三崎優子にも話した通り、あそこはノビ師がよだれを垂らしそうな立地なのだ。

三年前の夏以降、地方で罪を重ねていた文吉は東京へ戻り、まずは前回の事件現場を訪ねてみたのだろう。そして、その近くで、新たに開店した絶好の獲物を見つけた。

「なるほど。二階から侵入した文吉は、まずは一階の店舗で高級カメラの箱だけをかき集め、それだけを外へ持ち出そうとしたのですね。逃走経路を確保するため、表のシャッターのロックは解除してあったが、シャッターを上げれば大きな音がする。そこで、やつは二階へ行き、箱を詰め込んだ袋を窓から人気《ひとけ》のない路地へ放ることにした」

「妥当な判断だろうな。中身が紙箱であれば、地面へ落ちても大した音はしない」

「カメラ本体はあとで背負い、やはり二階の窓から逃げる気だったのだと思います。以前には、もっと重い荷物を背負って飛び下りたこともありましたから。

　ところが、ちょうど文吉が二階へ上がっている隙に施錠してない表の入口から別のノビ師が侵入してきた。現場検証の際、下足痕《ゲソコン》がないことが確認されていますから、たぶんこいつは床や階段がギシギシ大きな音を立てるのを知り、とっさに靴を脱いだのでしょう」

「あたしとしては、きれい好きの泥棒が二人かち合ったと思いたいけど、まあ、その可能性は低いね」

「そして、箱を放り投げたあと、文吉は二階の部屋で若い娘が眠っているのに気づいた。つい悪い癖が出て、娘さんにクロロホルムを嗅がせ、ベッドの上に屈み込んでいる時、肩をポンと叩かれて……」

「文吉は耳が遠くて、シャッターを開ける音が聞こえなかったんだろうね。で、びっくり仰天し、二階の窓から逃げ出したわけだ」

　遅れて来た泥棒の正体は不明だが、幸運なことに、変態趣味はなく、おかげで、留美さんには傷がつかずに済んだ。

けれども、そのノビ師にとっての災難は、文吉が高級カメラの箱をすべて抱えて逃走してしまったことだ。そこはさすがに長年のプロで、どんなに焦っても遺留品など残さない。

そのせいで、たとえ本体を盗み出したとしても二束三文の価値しかなくなったため、二人めのノビ師はやむを得ず、何も盗まずにカメラ店から去ったのだ。シャッターを下ろした理由は想像するしかないが、おそらく発覚を遅らせようと考えたのだろう。

「師匠、ありがとうございます。助かりました。上司とも相談して、一日も早く猪狩文吉を逮捕できるよう最善を尽くします」

「ぜひそう願いたい。それにしても、今回のいきさつはおもしろい。『放免祝い』と外題《げだい》をつけて、そのまんま高座で喋れるよ。あたしは古典一本槍だけど、中には新作を演る弟子もいるから、今度けしかけてみようかなあ。ところで、もう一つ。まあ、つまらないことなんだけど……」

ここで、正蔵師匠がいたずらっぽい笑みを浮かべる。

「芸者新道で鰕三さんとすれ違った時、平林さんの方から『二号がいるのがばれた』と言ったんだろう。それに対して、向こうはどう返したんだね」

「ああ、あの時ですか。ええと、『うちの山の神は怒ると手がつけられねえ』と嘆いたあとで、『なぜ明るみに出た』ときかれましたから、『元泥棒の口から露見した』。そうしたら、『なぜあいつが。そんなはずないのに』って……あれ？　ということは……」

　やり取りを再現してみて、平林ははっとなった。女性の存在を、鰕三師匠は当初、否定しなかった。『根も葉もない』などと言い出したのは今朝の電話からだ。

　正蔵師匠が口元をゆるめ、平林にこっそり目配せをする。握り屋の鰕三師匠も、自分の好きな道には金を惜しまないらしい。

「おや？　どうしたんです、二人とも。何だか変な顔してますけど」

　微妙な気配を感じ取り、おかみさんがけげんそうに言った。

「い、いえ、何でもありません。それよりも師匠、うちの捜査三係の女性刑事が落語好きなんですよ。速記本専門ですけど……でも、本人は江戸っ子で、母方の実家が馬喰町で四代続く寿司屋だそうだから、一度、生の高座を聞かせてやろうと思っています」

「馬喰町の寿司屋？　それ、どこの何てお店なの」

　ごまかすために振ったつもりの話題だったが、意外なことに、おかみさんが食いついてきた。

「私は実際に行ってみたことがないので、そこは……ああ。屋号は聞きませんでしたが、たしか、浅草橋と左衛門橋の間だと言ってました」

「あら。だったら、桜寿司《さくらずし》さんだわ。で、年は……二十五？　じゃあ、きっとタマヨさんの娘さんね」

聞いてみると、師匠のおかみさん、岡本《おかもと》マキさんの実家はそのすぐ近くで、やはり寿司屋を経営していた。すでに廃業してしまったが、桜寿司の一家とは仲がよく、優子の母親……珠代《たまよ》という名前だそうだが、彼女のこともよく知っていた。

「懐かしいわ。昔、いろいろお世話になったのよ。平林さん、今度、その刑事さんをうちへ連れてきてくださいな」

「はい。お安いご用です。では、今度……」

（ただ……あいつ、ちょっと変わってるからなあ。まあ、これで師匠はなかなかの面食いだから、そういう意味ではお眼鏡にかなうかもしれないが）

　優子の笑顔を思い出しながら、平林は少し冷えたお茶をすすった。

第二話　身投げ屋もどき

「こらこら、君、待ちたまえ。今、橋の欄干《らんかん》から身を投げようとしただろう。なぜ死のうとする？」

「死なせてください。借金で首が回らないんです」

「何だ、金か。金なら相談に乗ろうじゃないか。で、額はどれくらいなんだ」

「え、ええと、それは……あなた、時計は持ってますか」

「時計くらいあるさ。ほら、舶来の金側《きんがわ》だ」

「いくらぐらいします？」

「五十円くらいはするな」

「そうですか。じゃあ、着物と羽織は？」

「ずいぶん値を気にするんだな。まあ、両方合わせて五十円というところかな」

「じゃあ、あたしの借金は百円です」

「百円あれば、死なずに済むのか。わかった。早速何とかしよう……と言いたいところだが、今は手持ちが五十円しかない。それで片がつかないかね」

「ええっ？　値切ろうってんですか。何て、ずうずうしい。そんなこと言われても、びた一文まかりませんよ」

「そうか。仕方がない。だったら、明日、私の家へ来なさい。残りの五十円をあげるから」

「明日？　何だか、信用できないなあ。口でうまいこと言って、ごまかすつもりじゃないでしょうね」

「ごまかそうなんて気はないよ。わかった。私の名刺をやる。それならいいだろう」

「ああ、これが名刺。ここを訪ねればいいんですね。取り立てに行きますから、逃げたりしちゃだめですよ。じゃあ、さよなら……あっ、忘れてた。旦那様、こ、このご恩は、一生忘れません」

「何だい。急に涙声になって……変な男だなあ」

1

「お寒い中、ご来場賜りまして、ありがとうございます。キンリンテイジュキョウと申しまして、今年の春、真打ちに昇進したばかりの若輩者でございます」

神楽坂倶楽部十二月上席最終日、昼の部。五番めの出演者はこれまでとは違って、若い男性だった。高座下手《しもて》に掲示された出演者名は『寿喬』。これで『ジュキョウ』と読むらしいが、『キンリンテイ』の漢字は見当がつかない。

「一生懸命お喋りをいたしますので、どうかよろしくお願いいたします。ええ、『江戸っ子の生《う》まれ損《ぞく》ない金をため』なんて川柳がございますが、その昔は宵越《よいご》しの銭は持たないなんてのを自慢にしてたんだそうで……」

羽織の紐を解き、左右の袖口を手で引っ張り、すっと背後へ落とす。そして、

「『あれえ、こんなところに財布が落ちてやがる』」

マクラが終わり、登場人物の最初の台詞を耳にした瞬間、演目名が明らかになった。

（『三方一両損』か。上巻の後半……『悋気《りんき》の火の玉』のあとで、『たがや』の前だ）

興津《おきつ》要《かなめ》編、講談社文庫版『古典落語』上巻の目次が眼の前に現れた。『酢豆腐』『悋気

の火の玉』『三方一両損』『たがや』『居残り佐平次《さへいじ》』。それらの文字が本と同じ字体で横一列に並んでいる。

「『中には……三両も入《へえ》ってるぜ。あとは、印形《いんぎょう》と書きつけ……神田《かんだ》竪大工《たてだいく》町《ちょう》大工熊五《くまご》郎《ろう》。間抜けな野郎じゃねえか。だけど、とにかく、届けてやらなくちゃいけねえ。面倒なことになったなあ』」

本文もほぼ暗記していたが、実際の高座に接して驚いたのは、それぞれの口演が自分の知る噺とあまりにもかけ離れていたことだ。

（細かい言い回しが人によって違うのは当然だけど、まさかここまでとはねえ）

客席の中央に腰を下ろし、三崎優子は心の中でつぶやいた。月曜日だが、半数以上の席が埋まっている。

（この前に出たおじいさんなんて、『ろくろ首』に出てくる甥っ子の名前を『松公《まっこう》』だなんて……あれは絶対に『与太郎《よたろう》』のはず。言い間違えたのかしら？）

優子が落語に興味をもつようになったのは婦人警官として採用されてから。それまでは、生はもちろん、テレビやラジオでもあまり聞いたことがなかったが、たまたま立ち寄った書店で発売されたばかりの『古典落語』の上巻を見つけ、手に取ったのだ。

ちょうど中野《なかの》の警察学校で厳しい訓練が続いている最中で、何か息抜きになるものを求めていたのだろうが、それがきっかけで、文字で楽しむ落語にはまり込んでしまった。

とにかく、勇気を奮い起こし、初めて足を踏み入れた寄席は、優子にとってまさに魅惑の世界。読書中は想像するしかなかった仕種や表情を目《ま》のあたりにし、興奮していた。

「『……実は、お前《めえ》の財布を拾ったんだ。さあ、中を改めて受け取れ』

『この野郎、お節介なまねしやがって……なるほど。こいつは俺のだ』

『間違いねえな。じゃあ、確かに渡したぜ。あばよ』

『おい、金太郎《きんたろう》。書きつけと印形はもらっとくが、銭《ぜに》は俺のもんじゃねえから持ってけ』」

寿喬師匠の年齢は二十代後半くらい。すらりとした長身に紺の縞の着物と白い羽織。落語家らしからぬ、などと言っては叱られるが、役者でも通用しそうないい男だ。面長で鼻筋が通り、眼元涼やか。髪は短く刈っているが、全体として知的な雰囲気が漂っていた。

「『訳のわからねえことを言うな。手前の財布に入ってれば手前のもんだろう』

『だから、元は俺の銭だが、主人の懐を嫌い、出ていったんだ。そんな薄情なやつに帰ってきてほしくねえ』

『ふざけるな。他人《ひと》の銭だとわかってるのに持っていけるか』」

『三方一両損』の前半の登場人物は、大工の熊五郎と左官《さかん》の金太郎の二人。大金の入った財布を拾った金太郎は親切心から熊五郎の家を訪ねるのだが、熊五郎は頑として受け取らず、それが原因で、ついには殴り合いの大喧嘩に発展してしまう。

そこに現れたのが大家さん。店子《たなこ》をなだめ、金を受け取らせようとするが、熊五郎は反発して啖呵《たんか》を切る始末。呆れた大家は『奉行所へ訴え出て、お白洲《しらす》で謝らせる』と言う。

それを聞き、金太郎は仕方なく帰路についたのだが、途中で自分の長屋の大家に会って、事情をきかれる。

「『……財布を届けてやった？　そりゃ、いいことしたな。向こうじゃ、喜んだろう』

『それが怒り出したんですよ。印形と書きつけはもらうが、銭はいらねえから、持ってけってんです』

『まさか、本当に持ってきたりはしめえな』

『冗談言っちゃいけません。突っ返してやりましたよ。〈受け取らねえと引っぱたくぞ！〉てえから、〈殴れるもんなら殴ってみろ〉。そうしたら、ポカリと来やがった』

『殴られたのか』

『うまいこと、そいつを受けた』

『どこで？』

『頭で……』」

場内で爆笑が起きる。それほど笑いが多い噺ではないが、寿喬師匠の高座は若いだけあってテンポがよく、ここぞという箇所ではちゃんとウケていた。

「『何だい。早い話が殴られたんじゃねえか。金太郎、お前もだらしがねえなあ』」

（そういえば、私も陰では『金太郎』とか『坂田金時《さかたのきんとき》』とか呼ばれてるらしいわ）

関係ないことが頭に浮かび、優子は苦笑した。

（試しに一度ロングヘアにしてみたいとは思うけど、ずっとこの髪形で通してきたし、仕事柄もあるから、そう簡単には変えられないなあ。それにしても、この私が私服刑事だなんて……運命のいたずらにしてもひどすぎるわよねえ）

2

三崎優子は二十五歳。東京都北区赤羽《あかばね》の出身。実家には両親と祖母、高校二年生の弟が一人いる。

高校卒業後、警視庁の採用試験に合格し、勤務して八年めになるが、婦人警官という職業を選んだ理由は単純で、幼い頃から通っていた柔道の道場に警察関係者が何人かいたため。つけ加えれば、通称『ドゴール』と呼ばれる制帽のデザインが気に入り、頭に載せてみたいと思ったから……もちろん、こんな動機は誰にも話したことがない。

彼女の父は会社員だが、実際にはその企業から給与をもらっているわけでなく、大企業の労働組合の専従職員をしていた。そのため、思想が左寄りで、優子が警視庁の採用試験を目指すと伝えた時にはかなり反対された。少し気難しいところのある父との仲は以前からぎくしゃくしていたが、この時は娘の意志が固いのを知り、諦めてしまったようだ。

一次の筆記試験は、もともと暗記ものが得意だったので、難なくパス。二次試験で父親の職業が問題になるのではと危惧したが、面接はほぼ柔道の話題で終始し、そのまま合格となった。

採用後、優子は各警察署に完備されている官舎に入居した。今は神楽坂署から徒歩五分ほどの単身寮に住んでいる。実家に帰るのは、せいぜい二カ月に一度くらいだ。

柔道を始めた理由は近所に住む八歳上の従兄《いとこ》の黒帯に憧れを抱いたためで、七歳から道場に通い、こちらは本気で熱中した。体格に恵まれていたので、同年代の男子を大外刈りや払い腰でぶん投げるのが快感になったのだ。現在、身長が百七十二センチある。

警察官になってからも、さらに上を目指すことが期待されていたのだが、三年前、腰を悪くしたため、最近は道場から足が遠のいている。

（何となくこの仕事に就いた私がおかしな成り行きで女性刑事に抜擢されるなんて……いけない。せっかく初めて寄席に来たのに、よけいなことを考えすぎだ）

優子は軽く首を振り、寿喬師匠の高座に神経を集中することにした。

『三方一両損』は後半に入っていた。結局、殴られた金太郎の長屋の大家が願書をしたため、訴え出て、二人は南町奉行所へ呼び出される。裁くのはご存じ大岡越前守《おおおかえちぜんのかみ》。

ここから名奉行との会話になるが、感心したのは演者の視線だった。越前守の台詞の時には視線が下向き、熊五郎や金太郎の時には上向きになるので、座敷の縁側とお白洲の上という位置関係がごく自然に理解できた。これは本を読んでもわからない。

(ほんの数センチ、顔を上げ下げするだけなのに……落語って、すごいなあ)

高座では寿喬師匠。右手に持った扇子を膝に立てて、

「『……さて、それでは金太郎。その方、なぜその金子《きんす》をもらいおかなかった?』

『おうおう。お奉行さん、見損なっちゃいけねえぜ。冗談はよしてくれ』

『これ。裁断の場に冗談などないぞ』

『だったら、言わせてもらいますが、そんなさもしい了見はもっちゃおりません。金を残すようなめに遭いたくねえ。どうか出世しませんようにと、毎日《まいんち》、金比羅《こんぴら》様にお灯明《とうみょう》をあげて拝んでるんだ。それなのに、なぜもらわなかっただなんて……い、いくらお奉行様でも、言葉が過ぎらあ』

『何も泣くことはない。なれば、この三両は越前が預かりおくが、どうじゃ?』

『ありがとうござんす。そうしてくださりゃあ、何も喧嘩するこたねえんで……』

『さて、両人の者に尋ねるが、その方たちの正直により、改めて二両ずつほうびとして遣わそう。それで、どうじゃ？　よいか。では、両人にほうびを遣わせ。

この度の調べは三方一両損と申すぞ。わからんかな。それならば、越前言って聞かせる。これ、熊五郎。その方、金太郎が金子を届けし折、受け取りおかば三両ある。金太郎ももらいおかば三両ある。そこに越前が一両を足し、双方に二両ずつ遣わしたるによって、いずれも一両ずつの損と相なった』」

熊五郎と金太郎の正直さに感心したお奉行様が昼のお膳を出してくれ、二人は大喜びでご馳走を食べ始める。それを見た越前守が、

「『これこれ。両人、いかに空腹じゃからといって、あまりたんと食《しょく》すなよ。腹も身のうちと申すぞ』

『えへへへ。多かあ食わねえ』

『たった一膳』」

丁寧にお辞儀をし、寿喬師匠は拍手に送られて高座から降りた。

（『オオカア』と『大岡』、『イチゼン』と『越前』。地口《じぐち》オチとしてはかなり苦しいな）

『地口』はダジャレのことで、それで落とすのを地口オチという。

前座さんが現れ、座布団を返すのだと思ったら、マイクと一緒に片付けてしまった。そして、スタンドマイクを持ってくる。

時計を見ると、午後一時四十五分。平日は昼夜入れ替えなしと聞いたので、今日は夜の部の終演まで粘るつもりで、お弁当と飲み物、さらに、大好きなルックチョコレートも購入済みだった。

（昼の主任が林家正蔵師匠、夜が浅草亭東橋《せんそうていとうきょう》師匠か。まずは平林主任一押しの正蔵師匠の高座が楽しみだわ。どんな噺を演ってくれるのかしら。あれ、このお囃子は……）

三味線が奏でるメロディは紛れもなく舟木一夫《ふなきかずお》の『高校三年生』。優子が小学三、四年生だった頃の大ヒット曲だ。

高座下手に掲示された縦長の紙を、前座さんがめくる。現れた文字は『蝶二』。

（チョウジ……あっ、菊原《きくはら》蝶二だ。へえ。あの人、寄席にも出てるんだ）

菊原蝶二は声帯模写を生業《なりわい》とし、テレビの演芸番組にも時折顔を見せる。『声帯模写』は他人の声を模倣する芸。まあ、超一流の芸人というほどではないのだが、優子が知っている理由は、芸人嫌いの父親が例外的に彼を好んでいたからだ。

やがて、渋い茶のスーツを着た菊原蝶二が登場すると、客席がどよめき、拍手が湧いた。これまでと反応が違うのは、やはりテレビの威力だろう。

マイクの立つ高座中央まで来ると、出囃子がぴたりと止まり、

「国会中継……テレビで見ていると、腹が立ちますねえ」

『こんにちは』も『いらっしゃいませ』もなく、頭もほとんど下げなかった。

「今年の九月七日に大平《おおひら》さんが衆議院を解散しましたけど、その前日に阿蘇《あそ》の中岳《なかだけ》が大噴火したでしょう。そりゃ、山の神様だって怒りますよ。政治家がだらしねえんだから」

年齢は五十代半ばくらい。丸顔というより、上下を圧《お》しつぶしたような輪郭に巨大な眼と巨大な鼻。一度見たら忘れられない風貌だ。テラテラ光る髪をオールバックにしていた。

「そして、十月に入ったとたん、ＫＤＤ疑惑。あれで自民党は選挙に負けたようなもんです。つかまった社員は高級腕時計やらダイヤの指輪、フランス製ハンドバッグなんかを二百点も密輸しようとした。それが全部、企業の裏金で買った品で、しかも政界への贈答用なんだからけしからん話です」

話題の事件は十月初め、成田空港の税関で発覚した。国際電信電話会社の社員が海外の出張先から大量の装身具類を不正に国内へ持ち込もうとして逮捕されたのだ。東京地検特捜部が現在も捜査中だが、会社幹部の背任・横領だけでなく、国会議員の贈収賄事件にまで発展する可能性が取り沙汰されていた。

「だけど、国会審議はさっぱり噛み合ってなくて、何だか情けなくなってきますよ。

『総理！　ＫＤＤ疑惑について、どうお考えですか。はっきりとご答弁を願います』」

　野党議員が険しい調子で質問すると、『大平内閣総理』という議長の声のあと、大平正《まさ》芳《よし》首相の答弁となる。両眼をほとんど閉じ、口は半開き。顎《あご》をぐいと前へ突き出して、

「『あー、ケーディーディーぎわくの……うう、せきにん……については、ああ、そのう、ああ』なんてんで、何を言ってるんだか全然わからない」

　首相のまねはいくら何でも大げさすぎたが、連日ニュースを賑わしていることもあり、大爆笑が起きた。

　優子の脳裏に父の顔が浮かんだ。新聞のテレビ欄に菊原蝶二の名前があると、いそいそとチャンネルを合わせ、普段とは別人のような笑顔で、じっと見入る。贔屓《ひいき》にする理由は時の権力者を皮肉る内容が好みに合うからだ。

「本当にすごいですよねえ。連日連夜の接待に加え、お中元にお歳暮、選挙となれば巨額の陣中見舞い。実はねえ、こんな仕事をしているせいで、政治家さんのパーティーの余興によく呼ばれるんですよ。

　だから、国会議員の知り合いは山ほどいますが、裏金のおこぼれになんかあずかれなかった……あれ、どうして笑うんです？　疑ってるんでしょう。私は誰かさんとは違って、嘘なんか言いませんからね！」

3

（ああ、楽しかった。映画と同じくらいの入場料でこんなに長い時間、生の演芸を見られるんだもの。寄席って、お得だな）

太鼓の音に送られ、木戸口を出る。細い道を歩きながら、優子は心の中でつぶやいた。夜になり、北風が頬に冷たかったが、昼夜の部をしっかり堪能し、お弁当もお菓子も食べ、心もお腹も大満足だ。

（夜の部の主任の東橋師匠が演ったのは『富久《とみきゅう》』……続巻の最後だったわね）

浅草亭東橋師匠は五十代半ばで、当代一の人気落語家。さすがに脂の乗りきった芸で、堪能させられた。

（昼の主任の正蔵師匠の噺も、同じ巻に収録されていた『火事息子』。こちらは、長年にわたって培った芸の年輪を感じたわ）

『火事息子』の舞台は神田《かんだ》三河町《みかわちょう》にある一軒の質屋。近所が火事になったが、左官屋が来ない。仕方なく、蔵の窓から火が入らないよう、旦那と番頭が土で目塗りを始めたが、不慣れなため、なかなかはかどらない。するとそこへ、屋根伝いに火消し屋敷の人足がやってきて番頭を手助けしてくれた。体一面に彫り物を入れたこの男は、実は先年勘当されたこの家の若旦那で、それがきっかけとなり、久しぶりに親子の対面を果たすという人情噺だ。

（淡々とした語りだけど、息子を思う両親それぞれの情愛がちゃんと伝わってきて……落語通の平林さんが『日本一の名人』と断言するだけあるわ。それに、マクラの部分に出てきた火事場の野次馬の様子なんかもおもしろかった。

　そうそう。平林さんが正蔵師匠の家へ連れていってくれると言ってたな。師匠の奥様がうちの母さんの知り合いだと聞いて、びっくりしちゃったけど）

　母の実家である桜寿司は大正時代の創業で、現在店主を務める伯父で四代目。この伯父に優子はかわいがられ、今でも月に一度は遊びに行き、新鮮な魚をご馳走になっていた。ちなみに、一番の大好物のネタは江戸前のシャコとアナゴである。

（平林さんはかなり頻繁に稲荷町のお宅へ伺ってるみたい。やっぱり、落語の世界で顔が広いんだわ。とにかく、彼の落語好きは署内でも有名だもの）

　優子がその事実を知ったのは、神楽坂署に赴任して、まだ間もない時期だった。『三度の飯よりも落語が好きという変わった刑事がいる』『若い頃にはプロの落語家だったらしい』……どこまで本当かは知らないが、そんな噂が聞こえてきたのだ。

警察官としては小柄で、区役所の戸籍係を思わせる地味な外見。性格はごく真面目で、捜査の腕も折り紙つきなのだが、いったん落語が絡むと、常識外の言動を取り、周囲を仰天させる。署内で落語刑事と呼ばれている平林定吉の伝説はいくつもあった。

署の忘年会の席で、誰かに『〈芝浜《しばはま》〉って、どんな噺でしたっけ？』と尋ねられ、最初は普通に粗筋を説明していたのだが、そのうち、異様に熱を帯びてきて、宴会場の真ん中で独演会が始まってしまい、やがて大半の参加者が彼を取り巻いて、聞きほれた。

あるいは、頑なに黙秘を続け、誰もがさじを投げた被疑者の取り調べを担当した際、おもむろに扇子を取り出して、三遊亭圓朝《えんちょう》作とされる人情噺を熱演して、ついには相手を泣かせ、自白へと導いた……ちなみに、演目名は『双蝶々《ふたつちょうちょう》』といい、盗賊になった息子が老いた父親と再会するというストーリーだそうだ。

落語に興味があった優子は噂を耳にした直後から、そんな平林と話してみたいと思っていたが、係も違うし、相手は大先輩だから、さすがに仕事とまるで無関係の話題を切り出す勇気が湧いてこなかった。

けれども八日前、偶然ペアで仕事をすることになり、しかも、平林が『花色木綿』などという落語以外ではめったに登場しない単語を口にするのを聞いたものだから、渡りに船とばかりに食いついたというわけだ。そのおかげで、初めて話しやすいと感じる先輩ができ、職場の人間関係に悩んでいた優子は、ほっと胸をなで下ろすことができた。

神楽坂通りへ出て、右側の歩道を飯田橋駅方面へ歩き始める。時刻は午後八時半を過ぎていたが、まだ開いている店も多く、坂を上り下りする人たちで賑わっていた。

(神楽坂は風情のあるいい街だけど、仕事は元の部署の方が向いてたなあ。この私が刑事だなんて、悪い冗談としか思えない。しかも、異動した理由がインベーダーゲームの大流行だというんだから)

思わず小さなため息をつく。足取りが急に重くなった気がした。

正式名称は『スペース・インベーダー』で、昨年、ゲーム機メーカーのタイトーから発売された。内容は画面上方から迫ってくる宇宙人を電子銃で狙い撃つというもの。これが爆発的に流行し、いわゆるインベーダーハウスをはじめ、機械の置かれた喫茶店やスナックへ客が殺到する騒ぎとなった。

そのせいで、ゲーム代欲しさの少年犯罪が多発し、中には裏で成人が糸を引いているケースも多かったため、将来を見据え、少年課での勤務経験のある刑事が必要だということになったらしい。したがって、通常の場合、異動直後の女性は交通課に配属されるのだが、神楽坂署に赴任した優子は最初から刑事課での勤務。三カ月間の、いわゆる刑事講習も受けていない。

署内に女性で独身の適任者が皆無だったため、異例の人事が行われたらしいが、詳しい事情は聞いていなかった。

（まあ、意図はわからないこともないけど、だからといって、なぜ私に……おかげで、三係では周囲から浮きまくってる。九月に赴任して以降、ほめられたのはお茶汲みだけ）

毎朝、一番早く職場へ行き、デスクの上を拭いて、出勤してきたスタッフにお茶かコーヒーを出す。それが新米刑事の仕事で、四係がベテラン揃いのため、優子は三係と合わせて二十二人分の好みを暗記する必要があった。

熱くて薄いお茶が好きな人もいれば、濃くて温《ぬる》いお茶を少しだけなんて人もいる。コーヒーについては砂糖とクリームの量まであったが、優子はそれらを一日で完璧に覚え、捜査課長の並河康雄に激賞された。

しかし、それ以外は全部だめ。『態度が悪い』『生意気だ』『気が利かない』などなど。本人は一生懸命頑張っているのだが、評価はさんざんだった。

（私、もともと人づき合いが苦手なのよ。職業選択の失敗ね。それに、先輩たちももっと丁寧に教えてくれればいいのに、『どうせ言ってもわからない』なんて意地悪されて……きちんと説明してくれたのは平林主任くらいだもの）

しかし、平林は一係の所属なので、昏睡強盗事件の捜査が一段落した時点で仕事上の縁が切れてしまった。それでも、『今度、一緒に寄席へ行こう』と誘ってくれたのだが、なかなか休みの日が合わず、とりあえず今日、優子が独りで来たというわけだ。

（まあ、いい。今日はせっかく初めて落語を生で聞けたんだから、仕事のことなんか忘れよう）

　巨大な丸い街灯が明るく照らす中、笑顔で行き交う人々を眺め、優子は坂を下っていく。

　そして、あと少しで坂下の交差点というところまで来た時、異変は起きた。

4

　坂を下りきって、交差点に出る少し手前。左手に神楽小路《こうじ》と呼ばれる小道があり、軽子《かるこ》坂《ざか》まで続いている。

　ちょうどその角に紀《き》の善《ぜん》という名代の甘味《かんみ》処《どころ》があった。江戸時代には当時の人材斡旋業である口入屋《くちいれや》で栄え、明治維新後、寿司屋へ転業。太平洋戦争を経て、さらに汁粉屋となった。甘いものに目がない優子はここの豆かんと粟《あわ》ぜんざいが大好物で、このところ週に一度は必ず足を運んでいた。

　騒動が起きていたのは紀の善の入口付近で、男の罵声が周囲に響いている。優子の現在地からは約二十メートル前方で、車道を挟んだ反対側だ。

（どうせ酔っ払いの喧嘩よ。忘年会のシーズンに入ったし、日常茶飯事だから、放っておきましょう）

それでも、少し早足になったのは、どんな状況かを一応自分の眼で確かめようと思ったからだ。警察官として果たすべき責任があれば、無視するわけにはいかない。

田口屋《たぐちや》生花店の前まで行く。神楽小路とは反対側の角にあり、ここを右へ折れると、東京理科大学のキャンパスにぶつかる。向かいを見ると、『おしるこ　紀の善』という突き出し看板。その下で、二人の男性が怒鳴り合っていた。

「この野郎、ふざけるなよ。そんな言《い》い種《ぐさ》はねえぞ」

「ふざけているのはそっちだろう。手前、頭がおかしいんじゃねえのか」

呂律《ろれつ》が回らないというほどではないが、どちらも酔っている。この時点で、優子は興味を失ってしまったが、歩道での通行を妨害しているし、中には見物に回る者もいるせいで、周囲にはすでに人垣ができかけていた。

そのため、喧嘩の当事者である二人の姿をなかなか眼でとらえられないが、優子に背を向けている男性は長身で、服装はトレンチコート。もう一方は背が低いらしく、ほとんど見えないが、何かで手を上げた時、真っ赤なジャンパーを着ていることだけはわかった。

「おい。どうしても言うことを聞かねえのなら、こっちにも考えがあるぞ。腕ずくで話をつけよう」

「上等だ。相手になってやる。さあ、かかってこい！」

両方とも声がやたらと大きいので、騒ぎに驚いた花屋のおかみさんが店から出てきた。

（声の感じでは、二人とも若そうね。元気があり余ってるようだから、やらせておけばいいわ）

優子は苦笑し、歩みを再開しかけたが、

（ん？　あれは……ちょっと待って。もしかすると、まずいことになるかもしれない）

外堀通りの方から、中年男性が歩道を歩いてくる。普通ならトラブルを避けるため、いったん車道へ出て、神楽小路を越えたあたりで歩道に復帰するはず。現に往来する人のほとんどはそうしていた。

けれども、その男性は言い争っている二人の方へ一直線に突き進んでいく。その理由は明白で、彼の右手には白杖《はくじょう》が握られていたのだ。

（誰か教えてあげればいいのに……あれ？　だめじゃない。よけたりしちゃ）

ちょうどその場に居合わせた高校生たちは、笑いながら男性に道を譲っている。今後の成り行きを想像し、おもしろがっているらしい。

（無責任ねえ。呆れちゃう。ただ、こうなると、放っておくわけにもいかない）

　行く手を阻む二人の酔漢は興奮しているので、白い杖など目に入らない可能性がある。男性はサングラスをかけていなかった。無関係の人間が巻き添えを食うような事態は、何としても避けなければならない。

『危ない！』と叫ぼうかとも考えたが、もしその声が男性に届いたとしても、意味を汲み取るのは難しいだろう。かえって混乱させてしまう恐れがある。

　直接手を引いてあげるのが最善だと思い、優子は向かい側へ渡ろうとしたが、ちょうどトラックが来たため、しばらく足を止めざるを得なかった。

「いいか。よく聞け。もう一度だけ言うぞ」

　凸凹コンビのうち、これは凸の方の発言。

「俺は別に金がほしくてお前を追いかけたわけじゃねえ。それなのに、その横柄《おうへい》な態度は何だ」

（おや、この声は……？　どこかで、聞いた気がするけど……）

　しかし、考えている暇などなかった。トラックが走り去った直後、大急ぎで神楽坂通りを横断する。

「あんな場所に置きっ放しにしたら、誰かが猫ばばするに決まってる。上り下りする人間がどれほどあると思ってるんだ。いったん誰かの手に渡れば、あとで泣こうがわめこうが、向こうはカエルの面《つら》に小便《しょんべん》。戻ってくる気遣いなんかねえぞ。ありがたいと思いやがれ！」

「あっ、こいつ。よけいなことを……もう許さねえからな。ぶん殴ってやる！」

甲高《かんだか》い声とともに、赤いジャンパーを着た袖が振られ、そこへ偶然、眼の不自由な男性が衝突した。

凸凹コンビの凹が「何だ、こいつ。やる気なのか！」と大声で恫喝《どうかつ》する。まったく状況が理解できていないらしい。

「おい、やめろ！　巻き込むんじゃない」

「偉そうなことを言うな。もとはと言えば、お前《めえ》が悪いんじゃねえか！」

新たな人物の登場をきっかけに、とうとうつかみ合いの喧嘩に発展してしまった。

ちょうどそこへ駆けつけた優子は一瞬、躊躇《ちゅうちょ》した。以前のように制服を着ていれば、話は簡単だ。警察官に手出しをすれば公務執行妨害罪に問われることくらい、誰でも知っている。

けれども、刑事課に所属して以降は常にスーツ姿だし、今日は勤務日でないから、セーターにジーンズ、ダッフルコートという服装。もちろん警察手帳も所持していない。

急いで周囲を見渡したが、繁華街をパトロール中の警ら課員の姿も見えないため、やむを得ず、優子は人垣をかき分け、二人の間に割って入ることにした。

「やめてください！　ほら、ちゃんとよく見て。こちら、眼がふじゅ——」

「何だ、手前。関係ねえのに、しゃしゃり出てくるな！」

凹はさらに激昂し、わめき散らす。その時、優子は初めて彼の容姿を間近に見た。

襟ボアのついた赤いジャンパー、グレーのズボン。黒い毛糸の帽子を目深《まぶか》に被り、夜だというのに濃いサングラスをしている。身長が百五十五、六センチで、小太りの体型。顔立ちは……隠れている部分が多く、よくわからなかったが、とにかく、その人物の姿が優子の脳裏に一枚の写真のように焼きついた。

戸惑い顔で立ち尽くしていた中年男性を「危ないですから、こちらへ」と手を引き、自分の背後へと誘《いざな》う。そして、警察官としての名乗りを上げようとしたのだが、その前に、背の低い方の男性が何やら意味不明な言葉を吐きながらつかみかかってきた。

優子がその手を振り払おうとした時、

「だめだ。よせ。よすんだ！」

声が聞こえ、大きな体がぶつかってきた。

夢中で両手を前へ突き出すと、右手がコートの袖、左手が襟をつかみ、胸と胸とが合わさる格好になる。次の瞬間、反射的に優子の右脚が上がり、ふくらはぎのあたりで相手の右脚を刈ってしまった。

ドシンと音を立て、長身の男性が歩道の上へあお向けに倒れ込む。その瞬間、周囲の野次馬から歓声が起こり、拍手まで湧いたが、喜んでいるのは周りばかりで、投げた本人は激しく狼狽した。

（うわっ！　やっちゃった。ど、どうしよう……）

最大の得意技である大外刈り。引き手と釣り手の位置がたまたま型に合致したため、とっさに出てしまったのだ。幸い、投げられた相手は頭を打たなかった様子だが、下が畳ではないので、一歩間違えれば大惨事になるところだった。

ふと周囲を見渡すと、白い杖をついた男性は何事もなかったかのように、坂を上っていく。

「あの、大丈夫ですか。どこか痛いところは……あれ？　あなた、ひょっとして……」

街灯とネオンサインの光が照らし出したのは、見覚えのある顔だった。面長な輪郭、角刈りの髪、切れ長の眼、高い鼻……。

「あなた、寿喬さんですよね。キンリンテイ……だけど、なぜこんなところで……」

昼間、神楽坂倶楽部の高座で見た落語家とのあまりにも意外な再会だった。寿喬師匠は顔をしかめ、低くうなるばかりで、すぐには言葉が出ない。そして、頭の脇に紺色のバッグが横倒しになり、ファスナーが開いていた。彼の荷物らしい。

(あっ、そうだ。私に向かってきた彼はどうしたんだろう?)

はっとなり、急いで周囲に視線を投げてみたが、赤いジャンパーの男性は煙のように消え去ってしまっていた。

5

その日の午後九時半過ぎ。場所は、神楽坂警察署刑事課捜査三係の『島』。デスクの上に紺のバッグが置かれていた。

布製の直方体で、上部にファスナーがついている。サイズは計測済みで、幅三十六センチ、高さと奥行が十八センチ。調べたところ、国内メーカーが大量生産した廉価品で、持ち手の端のすり切れ具合からみて、最低でも二、三年の使用歴がありそうだ。

「こんな汚ない鞄《かばん》の中から、大金が出てきたというわけか」

バッグを見下ろしながら、平林が言った。

「場所は海岸じゃなくて、お堀《ほり》っ端《ばた》だが……こいつはとんだ『芝浜』もどきだなあ」

（ええと、その噺は上巻のラストで、『無精床』のあと……そんなことはどうでもいい）

彼の右隣に立っていた優子は軽く首を振って、雑念を払い、

「心臓が止まっちゃうかと思いましたよ。まさか新札で一千万円だなんて……まあ、正確には九百九十八万円ですけど」

「九百九十八万……疑って悪いが、それ、本当に間違いないのかな」

平林が少しいたずらっぽい眼になる。

「誰かが二、三枚、ギッちまった可能性はないか」

「ギッちまう？　い、いえ、そんな……それは絶対ありません」

『ギる』の語源は『握る』で、盗むという意味の隠語だ。

「回収する際、ちゃんとこの眼で確認しましたから」

そうは主張したものの、当時の状況はまさに冷や汗ものだった。

辺りを見渡し、喧嘩していたうちの一人が逃走したのを確かめたあと、優子は寿喬師匠を抱き起こした。腰と背中を打っていたが、大事には至らなそうだったので、とりあえず立たせ、落ちていたバッグを取り上げた瞬間、想定外の事態が起きた。

二本ある持ち手を両方握ったつもりで、実際には片方だけだったので、開口部から帯封のついた札束が二つと一万円札が十数枚こぼれ落ちてしまったのだ。幸い、風がなかった

ので、すぐに拾い集め、バッグへ戻すことができたが、もし何枚か風で飛ばされていたらと思うと、今でも背筋がぞっとする。

問題のバッグは持ち主とともに署まで運ばれ、念のため確認したところ、一千万円近い大金だとわかり、大騒ぎになったのだ。

「とにかく、平林主任が今晩の当直で、本当に助かりました。運がよかったです」

午前八時半から翌朝の同時刻までの勤務がおおむね四日に一度回ってくる。以前は署内で自炊をして、全員が同じ釜の飯を食い、酒も飲んでいたそうだが、今では到底考えられない。当直者は普段の分担とは関係なく職務に対応することになっていて、平林も今晩、暴力団関係のトラブルのために出動し、たった今戻ってきたばかりだ。

「金鈴亭寿喬師匠は、たまたま今日、神楽坂倶楽部で高座を見ましたけど、それまでは名前も知りませんでしたから、平林主任と旧知の間柄だと伺い、すごくほっとしました」

『キンリンテイ』がどんな漢字かわかったのも、もちろん平林のおかげだ。

「俺だって、落語界の人脈はそう広くないが、寿喬君は個人的に多少つき合いがあった。彼の師匠は四代目金鈴亭萬喬《まんきょう》といって、まだ五十前だが、人情噺や怪談噺の評価が高く、次世代の名人候補と言われている。

寿喬君は萬喬師匠の一番弟子で、今年五月に真打ち昇進を果たしたばかりだ。国立大学の教育学部卒業という変わり種……まあ、近頃は大学を出てから弟子入りする例も増えてきたが、国立は少数派だし、十年前にはもっと珍しかった」

「えっ、十年前？　すると、寿喬さんは、今年三十二歳……」

「一年間、都内の小学校で講師をしていたそうだから、三十三のはずだな」

　実年齢より五歳も若く見えたのは、たぶん男っぷりがよかったせいだろう。

「落語家にしては、なんて言うと語弊があるが、教員を目指していただけあって、性格はごく真面目でね。それが芸にも表れるせいか、二つ目時代には噺がうまいわりに笑いを呼ばなかったが……真打ちになって、彼は化けたなあ」

「ええと、その、バケルというと……」

「楽屋内の符牒で、あまりぱっとしなかった芸人が急に腕を上げ、お客にウケるようになると、『やつは化けた』と言われる。寿喬君のところはお父さんが早くに亡くなり、お母さんが小学校で給食調理の仕事をしながら一人息子を育て上げた。だから、正式採用もされないうちに教員を辞め、萬喬師匠に入門すると報告した時には、母親に泣かれて困ったそうだよ」

「……なるほど。それは泣いちゃうかもしれませんねえ」

　落語家ももちろん立派な職業ではあるが、親の立場とすれば、なるべく堅い仕事に就いてほしいと願うのが当然だ。まして、女手一つで育て上げたとなればなおさらだろう。

「そのお母さんも彼の真打ち披露の晴れ姿を見て、うれし涙をこぼしたそうだけどね。昇進後、芸風が明るくなって、寄席や落語会の出番も増えたし、テレビやラジオにもちょくちょく顔を出すようになった。売れっ子というほどではないが、若手では有望株だな。しかし、まあ、さっき自分でも言っていたが、お前さんは本当に運がいいよ」

　平林が頬をゆるめる。二人称がいつの間にか『君』から『お前さん』に変わったが、別に不快ではなかった。

「寿喬君は中学・高校と柔道部で、たしか三段のはず。だから、大外刈りで歩道へ叩きつけられてもけがをしなかったのさ」

「三段……あっ、そうだったのですか！　じゃあ、あれは意図的に頭をかばったんだ」

「お前さんの行為が正当防衛の範疇《はんちゅう》に入るかどうか、すぐには判断できないが、もし救急搬送されるような事態になっていたら、あとあと面倒だったぞ」

「……おっしゃる通りです。寿喬師匠は私につかみかかってきたわけではなく、背の低い男性を制止しようとしたのですから。それがたまたま打ち込みの型と同じになったので、体が勝手に動いてしまいました」

　柔道における『打ち込み』とは、相手を投げるまでの過程を何度もくり返す稽古のことだ。大外刈りは一番の得意技だけに、すでに体に染みついてしまっていた。

「まあ、いい。気にするな。当の本人が『どこも痛まないので、医者にみてもらう必要はありません』と言ってくれてるんだから。

あっ、そうだ。さっき、つい『芝浜もどき』だなんて言っちまったが、寿喬君の本名が田辺勝也《たなべかつや》なんだよ。あの噺の主人公は魚屋の勝っつぁん、通称魚勝《うおかつ》だろう」

「えっ？　あのう、『芝浜』の魚屋の名前は金さん、のはずですが……」

「ああ、なるほど。講談社文庫はそうかもしれない。あれは誰の速記なのかなあ。もちろん、どちらが正しいということはないけれど、最近はむしろ勝五郎《かつごろう》の方が主流で……」

平林の説明によると、昭和三十六年に亡くなった三代目桂《かつら》三木助《みきすけ》という師匠がいて、彼の『芝浜』は絶品と評され、芸術祭で賞も受けた。

「噺の写実性を重視するのが三木助流でね、だから熊五郎でも金太郎でもなく、あまり落語に登場しない勝五郎という名前を選び、拾った財布の中の金額もわざと半端な四十二《しじゅうに》両にした。文庫末尾の演目解説にも、そのことは書いてあったと思ったけどな」

「すみません。お恥ずかしい話ですが、解説はほとんど読んでないんです」

『芝浜』の粗筋は、酒に溺れた魚屋が芝の浜で大金の入った革財布を拾い、友達を呼んで大宴会をする。しかし、翌朝目を覚ますと、女房から『あれは夢だ』と告げられ、驚いた亭主は改心して商売に励む。

そして、三年後の大晦日、『あれはお前さんを罪人にしないための嘘だった』と女房が告白して酒を勧めるが、亭主は『よそう。また夢になるといけねえ』と言って、盃を置くのだ。

「それにしても……こんな年の瀬に、しかも噺家の勝っつぁんがこれを拾うとはなあ」

平林がそうつぶやきながら、両手でバッグの開口部を押し広げる。

中には銀行名なしの帯封がついた百万円の束が九つと、バラの一万円札が九十八枚。それらは新聞紙でくるんであった。

そう。デスクの上に置かれている九百九十八万円入りのバッグは遺失物、つまり落とし物で、落とし主は何と、騒動の直後に姿を消したあの男性だったのだ。

6

捜査取調室は刑事課の隣。マジックミラーを備えた部屋もあるが、金鈴亭寿喬こと田辺勝也さんに待機してもらっている取調室は三方が壁で、机と椅子、あとは警棒が入ったスチールロッカーだけという殺風景さだ。

先に入ったのは平林。コートも脱がず、背中を丸めて椅子にかけていた寿喬師匠は、彼の顔を見て、安堵の表情を浮かべた。

「すみません、師匠。うちの署には腕っ節ばかり強くて、やたらとそそっかしい女刑事が一人おりまして」

「本当に申し訳ありませんでした。心からお詫び申し上げます」

まず頭を下げてから、二人はその向かいに座る。

「いいえ。謝る必要なんてありませんよ。ご迷惑をおかけしたのはあたしの方です。例の、彼を止めるつもりだったんですが、ものの弾みであんなことになってしまいました。ただ、まさか刑事さんだとは思わなかったし、その上、柔道の達人だなんて……生まれて初めて女性から一本取られました」

優子はその場に居たたまれない気分になり、もう一度お辞儀をしようと腰を浮かしたが、平林がそれを制して、

「まあ、いいじゃないか。師匠が受け身を取ってくださったおかげで、大問題にならずに済んだんだ。でも、もし痛むところがあれば、明日、医師の診断を受けてくださいよ。費用はこちらで負担しますから」

「だから、大丈夫ですって。どこも痛くありません。自慢話だと受け取られては困るので、

三崎さん……でしたよね。彼女の前では黙っていましたが、柔道三段は伊達じゃありません。下が畳じゃなくても、あれくらいは平気です」

　寿喬師匠はさわやかな笑顔を見せる。いかにも好青年という印象で、なるほど、これなら背広姿で教壇に立っても何の違和感もない。

「では、その件はひとまず終わりにして、問題はお預かりした一千万円近いお金について……まあ、通常であれば、拾得物件預かり書を発行し、そのままお引き取り願うのですが、今回は経緯がやや複雑なので、詳しく事情を伺い、記録に残しておきたいと思います。お願いできますか」

　寿喬師匠が即座にうなずいてくれたので、優子は部屋の隅の席へ移動し、ノートを広げ、メモを取り始めた。

　平林はまず師匠の今日の行動について質問した。その答えは以下の通り。

出番を終えたあとも、寿喬師匠は楽屋に居残った。目的は正蔵師匠の主任《トリ》を聞くためで、昼の部終了後、神楽坂倶楽部をあとにした。

「今日はたまたま次の仕事が入ってなかったので……別に大して売れてはおりませんが、このところラジオの演芸番組の収録などもあって、結構忙しかったんですよ。息抜きしようと思って、九段下《くだんした》まで歩き、居酒屋に入りました。

神楽坂にも飲み屋はたくさんありますが、寄席の近所の店だと、なじみのお客様に会ったりして気が休まりません。あたしは初めての店に入り、気兼ねなく独りで酒を飲むのが好きでして……こいつで、師匠・先輩方の噺を聞きながらね」

寿喬師匠がコートのポケットからウォークマンを取り出す。今年七月にソニーが発売したカセットテープ型ヘッドフォンステレオで、特に若者の間で爆発的な売れ行きを示した。優子もほしいとは思っていたが、定価三万三千円ではなかなか手が出ない。

「この間《あいだ》、師匠の萬喬から『お前は女を描くのが下手だ』と小言をもらったので、少しでも芸の足《た》しになればと思い……ええと、黒門町の『厩火事《うまやかじ》』、稲荷町の『藁人形《わらにんぎょう》』、柏木の『三年目』なんてところを聞いておりました」

次々にポケットからカセットテープを取り出す。相当に勉強熱心だ。

「飲み屋を出たのが八時……八時半にはなっていなかったと思います。ビールと酒のちゃんぽんで、日本酒だけでも四合は飲みました。今は酔いも醒め果てましたけど。

あたしが母と住んでるアパートは駒込《こまごめ》なので、いったん飯田橋まで徒歩で戻ることにしました。そして、牛込橋の上まで来たところで、例のあいつと出くわしちまったんです」

「それでね、師匠、三崎の証言によると、その男性は身長百五十五センチ程度、小太り。服装は真っ赤なジャンパーに黒ズボン、黒い毛糸の帽子にサングラス。これでは肝心の顔の造作《ぞうさく》がわからないので、お気づきの点があれば、ぜひ教えてください」

「それは……残念ながら、あたしも似たようなものですねえ」

寿喬師匠が顔をしかめながら首をひねる。

「帽子とサングラスで眼の周囲が隠れていましたから。まあ、どちらかと言えば丸顔……いや、あまりあてにはなりません」

そうだろうなと、優子は思った。人の顔を覚えるのが特技の一つである彼女でも、特徴をまるで説明できなかったのだ。

「年齢については？　三崎は二十代か三十代ではないかと言っていますが……」

「声や言葉遣いから、お年寄りではないなと思いましたが、それ以上のことは何とも言えません」

「なるほど。わかりました。では、どうぞ、話を先へ進めてください」

「あたしが橋を渡り始めた時、右側の欄干にもたれかかっている人影が見えました。飯田橋駅寄りの場所だったので、最初は鉄道好きが電車を眺めてるんだと思いましたが……それにしては、どうも様子が変なんです」

九段下駅方面から来ると、橋の前半は皇居のお堀を、後半が国鉄の線路をまたいでいる。

「その人影は男性で、欄干から身を乗り出し、電車めがけて飛び下りようとしていると、あたしの眼には映りました。面倒なことになった。さて、どうしたものかと迷いながら進み、問題の人物の少し手前まで行くと、気配を感じたらしく、こちらへ顔を向けます。そして、次の瞬間、自分でも思いがけない一言が口から飛び出しました」

「ほほう。一体、何とおっしゃったのですか」

「『どうです？　お節介焼きが釣れますか』」

「お節介焼きが……ははあ、なるほど。落語の『身投げ屋』ですね」

「えっ？　でも、身投げ屋なんて……」

あわてて手の平で口を覆っても、もう間に合わない。そんな声が漏れた理由は、『古典落語』全五巻の目次になかったからだ。

「金語楼《きんごろう》師匠がこしらえた新作だから、君の愛読書には収録されてないよ」

平林が苦笑を漏らしながら振り向き、解説してくれた。

「金に困った男が橋の上から飛び込むまねをして同情を買い、金持ちから大金を恵んでもらうんだが、結局はやり損なうという筋だ」

柳家金語楼師匠はＮＨＫテレビの人気番組『ジェスチャー』などで幼い頃から見ていたが、落語を聞いたことは一度もなかった。

「自分で気づかないだけで、かなり酔いが回ってたんでしょうね。でなければ、決してそんなことは申しません。『身投げ屋』はつい最近習い覚え、盛んに高座にかけている最中なので、つい口から出てしまったんです」

「で、その言葉を受けて、相手はどう反応しましたか」

「サングラスをかけていたので、表情の変化はわかりませんが、かなり驚いた様子でした。それでも、あたしの顔をしばらくじっと見たあとで、『ここは両国橋《りょうごくばし》じゃねえよ』と」

「ほう。大したもんだ。金語楼師の落語をラジオか何かで聞いていたんですね」

どうやら、件《くだん》の噺の舞台は両国橋の上らしい。

「意外と余裕のある返事だったので、『これは身投げなんかじゃないぞ』とあたしは思い、そのまま通り過ぎようとしましたが、その前に向こうがさっと背中を向け、足早に去っていったんです。それは別にかまいませんが、見ると、足元に例のバッグが置きっ放しになっていたので、急いで拾い上げ、男のあとを追いかけました」

「待ってください。師匠はその時点で、中身が何かはご存じでしたか」

「いいえ。ファスナーは開いていましたが、わざわざ中を確認したりはしませんから。で、橋を渡りきったあたりで追いつき、『忘れ物だ』と言って渡そうとして……『こいつはしまった』と思いました」

「ほう。しまったと言うと……」

「相手が酔っていることに初めて気づいたのです。しかも、泥酔状態に近い。最初の返事は短かったので感じませんでしたが、何か言う度にぷうんと酒のにおいがしました。そのため、まともな会話が成立しませんでしたが、とにかく、向こうはバッグを受け取ることを頑強に拒否したのです」

「なるほど。で、拒んだ理由は何ですか」

「ええと、『このお節介焼き。せっかく厄落としするつもりだったのに、そんな疫病神をわざわざ運んできやがって！』。最初にそう言われたのは覚えていますが、あとは支離滅裂で……まあ、あたしも飲んでいましたしね。そして、押っつけ合いをしている最中に、バッグが傾き、中から札束が転がり出たというわけです」

紀の善まで到着する以前にも一度、地面へお金をばらまいていたらしい。

「あとは、こっちの手を振り切ろうとする相手を追いかけて、神楽坂を上り……ばかばかしいとは思いましたが、あとで素面《しらふ》になり、泥棒だの何だと言われてはたまりませんから」

「実にごもっとも。正しい判断だったと思いますよ」

事情を聞いた平林が深くうなずく。

「赤ジャン男の素姓は知りませんが、明日の朝には正気に戻り、大あわてでうちの署へ駆け込んでくるに決まってます。なあ、そうだよな、三崎君」

「え……あ、はい。おっしゃる通りです」

急に話を振られて戸惑ったが、何しろ金額が金額だから、たとえ『文七元結』の長兵衛でも他人に恵む勇気が出ないだろう。しかも、今回は相手が金をほしがってなどいないのだ。

「ただ、こうなるってえと、簡単に返すのはつまらねえなあ。そうですよね、師匠」

平林が口元をゆるめ、突如口調を変えた。会話の相手はプロの落語家で、優子のほかには同僚もいないため、地金が出たのだろう。

そして、さらに、平林は背広の内ポケットから高座用の扇子を取り出し、それをもてあそび始める。

（うわっ！　ほ、本当に出た。例の噂はガセじゃなかったんだ）

生ける伝説を目の当たりにして、優子は激しく興奮した。

「報労金は遺失物の価値の五パーセントから二十パーセントと法律で決まってますから、そいつはもちろん受け取るとして、大外刈りを食わされた分の埋め合わせが必要ですよ。もとはと言えば、悪いのは赤ジャンパーなんだから」

「まあ、おっしゃることはわかりますが……具体的にどうするんです？」

「明日、来たら三崎に応対させて、『夢でも見たんじゃありませんか』と言わせましょう。そして、大晦日に呼び出し、『実は、あれは夢じゃなかった』と打ち明ける……我ながら名案だ。赤ジャン男は落語に詳しいらしいから、それくらいのシャレは通じると思いますがねえ」

脇で聞いていた優子は『この人ならやりかねない』と心の中でつぶやき、本当に命令されたらどう対応しようか、真剣に思案していた。

7

十二月十七日、月曜日。出動を終え、優子が署に戻ると、時刻は午後二時半を少し過ぎていた。

捜査三係の島は無人。自分のデスクで昼食を摂ろうとしたが、思い直し、弁当を持って刑事課の隅の応接スペースへと向かう。平林の上着が椅子の背もたれに掛けられているのを見たからだ。

「あっ、主任。やはりこちらでしたね。お疲れ様です」

衝立の隙間から顔を出すと、三人掛けソファに毛糸のベスト姿の平林が座っていた。テーブルにはコーヒーの入ったマグカップ。

視線が合うと、口元をゆがめ、軽く天井を仰ぎながら、

「お疲れもいいところだよ。くだらない用ばかり多くてなあ」

本人に言ったら怒るかもしれないが、平林の疲れ具合は頭を見れば一目瞭然だった。ポマードをたっぷりつけ、オールバックに整えているが、生来の髪は重度の天然パーマらしく、何か事件が起きて捜査が多忙になると、手入れを怠るため、春先の雑草のようにあちこちが盛り上がってくるのだ。

「そっちは、今日もインベーダー中毒のガキの相手かい」

「ええ。日を追うごとに手口が凶悪化して、すでに少年犯罪の枠を超えちゃってます。まあ、二十歳過ぎてゲーセンに入り浸っている連中も多いですけどね」

向かいに腰を下ろした優子がため息をつく。彼女は朝からずっと、少年課の刑事と二人で管内のゲームセンター回りをしてきたのだ。

「軍資金ほしさの万引きや窃盗、五円硬貨にセロテープを巻いた変造百円硬貨の使用は前からありましたが、最近はコイン投入口をライターの炎で焼くのが流行《はや》っちゃって……小学生が平気でそんなことをするんですよ。考えられますか」

「投入口を、焼く？　話には聞いてたが、それをやると、何かいいことがあるのかい」

「熱のせいで、コンピューターが投入枚数を誤認し、カウンターが跳ね上がるらしいんです。店のオーナーが怒り狂ってました。ゲーム機が使い物にならなくなりますから」

「ふうん。悪知恵だけは一人前か。まったく世も末だなあ」

「それはそうと、例の大金入りのバッグについてですけど……平林主任の予想が外れちゃいましたねえ。今日でちょうど一週間になりますが、誰も名乗り出てきません」

「ひやかしの電話なら何件も来たけどな。まあ、あれだけの大ニュースになれば、かけてくるやつはいるさ」

　九百九十八万円入りのバッグの件は平林や優子の想像を超えて、新聞・雑誌、テレビなどで大々的に取り上げられた。考えてみれば当然で、サマージャンボ宝くじの一等賞金が昨年から二千万円へ増額され、大きな話題になった。たとえその半分でも、庶民から見れば夢のような大金だ。

「ひょっとすると、あれは表には出せない類いの金かなあ。俺の周りでも、そんな意見が強くなっている」

「表に出せない？　何となくわかりますが、具体的にはどんなことが考えられますか」

「それはいろいろさ。政界や企業の裏金、相場の資金、あとは暴力団が一枚嚙んでる可能性だってある。もし賭博や麻薬取引が絡んでいれば、絶対に名乗っては出られない。

　どれも我々の感覚とは桁が一つか二つ違っていて、やつらにとっての一千万ははした金だ。下手に動いて警察に尻尾をつかまれるくらいなら、ダンマリを決め込む方が得策なんだよ」

「なるほど。私なんかが知らない世界があるんですねえ」

　優子は感心し、弁当の包みを解きかけたが、ふとその手を止め、

「ですが、もし六カ月経過しても落とし主……遺失者が判明しない場合には、拾得者に受け取る権利が生じますよね」

「もちろんそうだ。本人が受け取りを希望して、なおかつ二カ月以内に請求をすればな。所得税はかかるだろうが……まあ、そんな先の話は脇へ置いといて、マスコミのおかげで寿喬君は一躍時の人になったね。テレビのワイドショーなんかに引っ張りだこだし、今は神田の寄席に出ているが、高座へ顔を出したとたん、拍手・歓声の嵐だそうだよ。もともと芸は悪くないし、若くて男前だから、このまま人気落語家の仲間入りを果たすかもしれないなあ」

「新聞には『三方一両損』なんて出ましたけど、少なくとも金太郎役の寿喬師匠は大いに得をしたみたいですね」

「ああ、あの記事か。まったく、うちの副社長にも困ったもんだよな」

平林が渋い表情になる。『副社長』は神楽坂署の副署長のこと。『会社』で所轄署、あるいは警視庁全体を指す場合もある。

「あの人は別に落語好きではないんだが、何かであの噺を知ってたんだな。顔見知りの記者におもしろ半分に喋ったら、あんなにデカデカと載っちまった。しかも、全国版に」

先週の水曜日、社会面のトップ記事である。見出しは『現代の三方一両損』『若手落語家が拾った大金を落とし主と押しつけ合う』。ちなみに、どこの署でもマスコミ対応は副署長の役割で、いわゆる警察《サツ》回《まわ》りの記者が始終出入りしている。

「まあ、こんなせちがらい世の中だから、確かに美談には違いないが、記事では二人とも酔っていたという事実を隠しているし、特にあの見出しはひどい。あの日、寿喬君を交えて三人で話をした時にも、『芝浜』『文七元結』『身投げ屋』あたりは出たが、『三方一両損』なんて一度も話題に上らなかったぞ」

その通りだと、優子は思った。噺では、熊五郎が誤って財布を落としたのに対し、赤ジャンパーの男性は意図的にバッグを置き去りにした。そのため、言い争いになった経緯もまったく違う。記事に困っていたのかもしれないが、こじつけもいいところだ。

「あのう、主任、今回もまた的外れかもしれませんが……」

辺りをはばかってから、優子は切り出した。

「あの喧嘩、お芝居だった可能性はないでしょうか」

「喧嘩が、芝居？　また斬新な意見だなあ。つまり、紀の善の前での大立ち回りがすべて演技だったと言いたいわけか。そこへシャレのわからない女刑事が飛び込んできて、役者の一人を大外刈りでぶん投げちまった」

「あの……そうおっしゃられると、穴でもあったら入りたくなります」

「もし仮にそうだとして、目的は何なんだ」

「もちろん、若手真打ち・金鈴亭寿喬師匠の売り出し作戦ですよ」

「それは……うーん。まさか、と思うけどねえ」

　平林がうなり声を発し、両腕を組む。そして、眉をひそめながら、

「確かに昔と違って、今は芸だけで世に出られる時代じゃない。人気者になるためには、マスコミを利用して世間に顔を売るのが早道だし、その方が手っ取り早く金も稼げるが、いくら何でも今度の一件は違うよ。元手がかかりすぎてるもの」

「確かに一千万は大金ですが、それに見合う宣伝効果はあったと思います。もし新聞やテレビにお金を払って広告を出したら、とてもそんな額ではすみません」

「計算すれば、そうなるだろうが……」

「それに、例のお金についても、ほとぼりが冷めた頃を見計らい、名乗って出る気なのか

殺意

サスペンス小説集

井上靖

文庫オリジナル

愛憎、秘密、悲哀……。戦中戦後の混乱期を背景とした昭和サスペンスの至宝。表題作ほか、「傍観者」「雷雨」「ある偽作家の生涯」など全九篇。〈解説〉米澤穂信

●946円

チキンライスと旅の空

池波正太郎

自分が生まれた日の父の言葉、初めての人と出会う旅の醍醐味、薄れゆく季節感への憂い……国民作家が語る食、旅、暮し。座談会「わたくしの味自慢」収録。

●968円

台湾鉄路千公里

完全版

宮脇俊三

一九八〇年、戒厳令下の台湾全線乗りつぶしの旅のエッセイに、増設鉄路をカバーし、全島一周を達成したその後の紀行を増補した完全版。〈解説〉関川夏央

●1100円

まぼろしの軍師

新田次郎歴史短篇選

新田次郎

細谷正充 編

生誕110年

文庫オリジナル

山本勘助実在の謎にせまる表題作ほか、歴史短篇八篇に、単行本未収録のショートショート「とんぼ突き」を付した傑作集。著者の多面性を堪能できる一冊。

●990円

神《じん》馬《め》／湖

竹西寛子精選作品集

竹西寛子

表題作のほか、「兵隊宿」（川端賞）「鶴」など自選短篇小説十三篇に、高校の国語教科書で親しまれた随想八篇を併せた決定版作品集。〈解説〉堀江敏幸

●1100円

給仕の室《へや》

日本近代プレＢＬ短篇選

中央公論新社 編

文庫オリジナル

それは、彼らの関係がまだ「ＢＬ」と呼ばれる以前の話——一九〇二～四九年発表の短篇を精選。現代のＢＬ文化の源流を辿る作品集。〈解説〉佐伯順子

●946円

戦争か平和か

国務長官回想録

ジョン・ダレス

大場正史 訳

対日講和に奔走しアイゼンハワー大統領下で冷戦外交を主導、世界の混乱を顧み、ソ連・中国の脅威、安保理の機能不全のなか平和への策を提言。〈解説〉土田 宏

●1320円

もしれません」

「一理あると言いたいところだが、積極的に賛成する気にはなれないな。僕は前座の頃から寿喬君を知ってるが、とにかく堅物で曲がったことが嫌い。まあ、噺家だから演技力も舞台度胸もあり、なれ合い喧嘩くらいお手のものだろうが、そんなあざとい……というより、卑《ひ》怯千万《きょうせんばん》な売り出し方に彼が一枚嚙んでるとは思えないね」

「ですから、寿喬師匠は何も知らないのかもしれません。本人とは無関係なところで、誰かが計画して、いわば片八百長の喧嘩を――」

「まあまあ。今日のところはそのくらいにしておこうじゃないか」

やんわりとかわされてしまう。ちょっと頑張りすぎたなと、優子は反省した。

思いついたら口に出さないと気が済まない。実に困った性分なのだが、三係の先輩方とは違い、平林はちゃんと話を聞いてくれる。それでも、さすがに少し億劫《おっくう》になったようだ。

「その説が正しいかどうかは、そのうちわかるさ。『策士、策に溺れる』ということわざの通り、凝りに凝った企みは必ずどこかでボロを出す。

そうそう。お前さんに用事があったんだ。前から話はしていたが、一緒に正蔵師匠のお宅へ行かないか。おかみさんが懐かしがって、ぜひ連れてこいと言われてるんだよ。調べてみたら、明後日は二人とも公休だが……どうだい、都合は？」

「あ、はい。大丈夫です。私もぜひおじゃましたいと思っていました」

「よかった。それじゃあ、十時に稲荷町の駅に集合ということで。ええと、場所は……」

平林が言いかけた時、足音が聞こえ、捜査三係長の海老名《えびな》敬七《けいしち》警部補が現れた。

「あっ、三崎君、ここにいたのか。居所がわからなくて、ずいぶん捜したよ」

年齢が四十二。がっしりした体格で、坊主頭、真ん丸い眼。『タコ坊主』というのは、優子がつけた、自分だけのあだ名だ。

「あっ、すみません。朝から出ていたので、ちょっと昼食を――」

「言い訳は別にいいから、急いで会議室へ行ってくれ。滝本《たきもと》君が待ってる」

「えっ、滝本……？　あの、会計課の、ですか」

「そう。遺失物係の主任だ。例の一千万の落とし主が名乗り出てきたんだよ。あまり人目につかない方がいいと思って、会議室に案内したそうだ」

二人はさっと顔を見合わせた。これで、最前の珍説は風前《ふうぜん》の灯《ともしび》。こんなことなら言わなければよかったと、優子は後悔した。

そして、さらに海老名が続ける。

「高村《たかむら》さんとかいうらしいが、実は連れがいるんだ。誰だと思う？　何と、落語家の寿喬師匠さ」

8

会計課は署内で唯一事務職員だけで構成され、役割は予算と決算、庁舎の維持管理、職員の給与や旅費の計算など多岐に渡るが、中でも重要なものの一つが遺失物拾得事務だ。

場所は本館二階、玄関から見て右端で、その真向かいが会議室。ここでは主に各課の会議が行われ、もっと大人数が集まる時には三階の講堂が使われる。

ドアを開けると、室内は長机がコの字に配置され、正面奥にホワイトボードを背にして会計課の滝本主任、左手に寿喬師匠ともう一人の人物が座っていた。

「いやあ。お忙しいところ、申し訳ありませんねえ」

優子の顔を見て、滝本主任が軽く右手を上げる。年齢は向こうが三つ上。都民と直接応対する仕事なので苦労も多いらしいが、常に笑顔を絶やさず、署内の評判もよかった。

「二十分ほど前にお二人でお見えになったのですが、三崎さんの姿が見えないので、とりあえず私の方から簡単な確認と、今後の手順についてご説明したところです。確認したのは遺失物であるバッグとその中身。金額はもちろん、バラのお札の包み紙についても詳しく伺いました」

九十八万円は新聞紙にくるまれていたが、その詳細は落とし主を特定する際の決め手となるため、マスコミには伏せられていた。

「三崎さん、その節は本当にご迷惑をおかけしてしまい、申し訳ありませんでした」

寿喬師匠が立ち上がり、一礼する。

「ちょうど今、神田紅梅亭《こうばいてい》に出演しておりますが、楽屋に高村さんが訪ねてきてくださいまして……」

途中で言葉がとぎれたのは、滝本が優子に一枚のメモ用紙を回したのを見たせいだろう。

そして、そこに書かれていた文字は、

『高村進《すすむ》

生年月日　昭和十九年十月十二日

住所　豊島区巣鴨《すがも》四丁目三の十五

職業　スナックモンテカルロ従業員』。

「それで、そのう、二人で話をしてみたところ、あの時の方に間違いないことが判明しましたので、一緒にお伺いしたと……まあ、そういうわけなんです」

優子は小首を傾げた。何となく様子がおかしい。一週間前に受けた溌剌《はつらつ》とした印象とは、まるで別人のようにおどおどしている。

そして、連れの男性はさらに挙動不審だった。優子が入室した時からずっとうつむいたままで、一向に顔を上げようとしない。

パーマをかけた髪を額の真ん中で分け、身につけているのは白セーターとブルージーンズ。長机の上にジャンパーと毛糸の帽子、サングラスが置かれているのは、当夜の服装一式を証拠として持参したのだろう。早速眼を凝らしてみたが、サングラスの形、ジャンパーの襟ボアやポケットの位置などが記憶と完璧に一致していた。

そのうちに、男性が顔を上げる。次の瞬間、優子は愕然となった。

（……ち、違う！　似てるけど、この人じゃない）

理由は、うまく説明できない。一重まぶたの三白眼《さんぱくがん》、薄い眉、広い額と縮れた髪。一週間前、それらはすべてサングラスと毛糸の帽子で隠されていた。

鼻と口に際立った特徴はないし、頬から顎の線に関しては、むしろ酷似していた。けれども、優子は瞬時に両者が別人だと確信してしまったのだ。

「あの時は酔っていたもので……ご迷惑をかけて、すみませんでした」

高村進は小声で言ったが、優子と視線を合わせようとはしない。ふて腐れてでもいるような態度だった。

「それでですねえ、今回は拾得されたお金の額が大きいので、大変失礼とは思いましたが、その出所《でどころ》についてもお伺いしました」

　優子の内心の動揺も知らず、滝本は事務的に手続きを進める。

「そうしたら、高村さんが手回しよく写真をご持参くださったんです。これなんですがね」

　優子に一枚の写真が手渡される。被写体は縦長の紙で、『東京場外発売所』『一〇〇〇円』『中山』『日本中央競馬会』などの文字が印刷されていた。複雑な地紋が入っているのは偽造防止のためだろう。そして、中央に一際大きく『1－4』とある。

「あの、これ……馬券ですよね。私はほとんど買ったことがないので、よくわかりませんが」

「私も競馬は素人なので、詳しい者に見てもらいました。中央競馬会にも電話で確認しましたが、これは今年の十月七日、中山《なかやま》競馬場の第七レースの当たり馬券だそうです」

　そして、手元のメモに視線を落とし、

「一着が四枠のツチガルフ、二着が一枠のカネツポーセレン。連勝複式なので『4－1』『1－4』どちらも当たりで、配当が一万五千六百八十円」

「ええっ？　じゃあ、こんな紙切れが一万五千円以上に……」

「いいえ。これは特券なので、その十倍です。つまり、一枚で十五万六千八百円。それがこれだけあったんだそうです」

差し出された二枚めの写真を見て、優子は思わず息を呑んだ。膨大な数の同じ馬券が畳の上にずらりと並べられている。

「全部で百枚あるので、合計で千五百六十八万円分です」

とんでもない金額に優子は眼がくらみ、完全に絶句してしまった。

「そのうち、一千万円は手をつけないと決め、残りを元手に、その後も競馬をされていたそうですが……ああ、私独りで説明するのも変ですよね。あとは、どうぞご本人の口から」

促された高村は不快そうに口元を歪めたが、しばらくしてから、ぼそぼそした声で、

「それから、よくないことばかりが起きるんですよ。体は壊すし、人間関係でもトラブル続き。毎晩、悪い夢にうなされて……あぶく銭が入った祟《たた》りでしょうね。競馬も負け続けて、あっという間に五百万円が消えました」

懸命に耳を澄ましてみたが、声の大きさも口調もあの時とは異なるので比べようがない。まさか、『大声でわめいてみろ』とは要求できなかった。

「いっそこんな金はない方が身のためだと思いましたが、素面《しらふ》じゃ無理だから、帯封を切って二万円分飲み食いして、酒の勢いで……そんな時、橋の上でこの人と会ったんです」

（だから、バッグを拾ってくれた寿喬師匠に『疫病神を運んできやがって』と言った。まあ、それで一応つじつまは合うけど……）

語られた話の内容に、優子は納得できなかった。金を遣い果たしたのならともかく、まだ半分以上残っているのに厭世的な心境になったというのが不自然だ。どんな病気、またどんなトラブルかは知らないが、そういう事情があるのなら、なおさら金を握っていなければ不安だろう。

（この人は口から出任せを言っている。きっと、寿喬師匠はだまされているんだ）

ちょうど一週間前、紀の善前での立ち回り。その最中にスイッチが入り、問題の人物の風貌が優子の脳裏に焼きつけられた。今まで誰にも明かしたことはないが、幼い時から似たような経験を何度もしていて、それが錯覚だったことは一度もない。

（でも、その事実を客観的に説明できるかというと、それは無理に決まってる。だとしたら今、この場で偽者の尻尾をつかんでおかないとまずいけど……）

その手段として、すぐに浮かぶのは、当時交わした会話の内容について質問することだ。『酔っていた』と相手は言い訳するだろうが、もし答えられなければ、警察側も慎重にならざるを得ない。

（だけど、背の低い方の彼はあまり喋らなかった。疫病神云々《うんぬん》も寿喬師匠からの伝聞だし

……そうか。あの時に師匠が言った内容でもいいはずだよな）

当時の状況を振り返ってから、優子はおもむろに口を開いた。

「あのう、高村さん、つかぬことを伺いますが……」

切り出すと、相手が初めて真っすぐ彼女の方を向いた。

「あの時、寿喬師匠は『あんな場所に置きっ放しにしたら、誰かが猫ばばするに決まってる』とおっしゃって、そのあとにことわざをつけ加えられました。『ナントカの面《つら》に小便』というのですが、覚えていらっしゃいますか」

高村は薄い眉を寄せ、考えていたが、やがて、椅子から腰を上げ、両手でジャンパーと帽子、サングラスをかき集めると、

「テストなんかされるのは不愉快です。だったら、金が戻ってこなくても結構。申し出は撤回します」

そう言い置くと、滝本が止めるのも聞かず、あっという間に部屋から出ていってしまった。そして、さらに、

「こういう扱いはないと思いますね」

寿喬師匠まで険しい表情で立ち上がる。

「ことわざだなんて……あの時は興奮していたから、言った本人のあたしだって、よく覚

えちゃおりませんよ。とにかく、あの方がいない以上、あたしがここにいる理由がなくなりました。失礼します」

9

翌日の火曜日。時刻は午後一時を少し過ぎている。

国電の神田駅西口から真西へ伸びる商店街の一角に、神田紅梅亭はあった。

ここは神楽坂倶楽部とは違って木造の寄席で、その分、江戸情緒が色濃く残っていた。正面軒下には梅鉢の紋が入った提灯がずらりと吊されている。

チケット売り場の前で、優子は少し迷った。勤務日なので、もちろん警察手帳は携行している。それを提示して入場しようかと考えたのだ。

一般にはあまり知られていないが、あの黒い手帳さえ見せれば電車はもちろん、バスもタクシーも無料だし、映画館や遊園地も出入り自由。そのため、『休日用の手帳がもう一冊ほしい』などと言っていた不心得者がいる。

けれども、結局、優子は普通に大人用のチケットを購入した。上司にも行き先を告げてきたので、公用に間違いないのだが、寿喬師匠に迷惑がかかってはまずいと思ったのだ。

木戸口の先はロビーで、神楽坂倶楽部と同様、観音開きの扉があった。その取っ手をつかんだ瞬間、聞き覚えのある出囃子が鳴り、大きなどよめきと拍手の音が聞こえてきた。

「ええ、ご来場賜りまして、まことにありがとうございます。金鈴亭寿喬と申します」

挨拶すると、すかさず「待ってました！」と声が飛ぶ。想像していた以上の大人気だ。

（遅れて入場すると、目立っちゃうなあ。顔を知られているし……聞かなくてもいいか。今日来た目的は、高座を終えた師匠との面会なんだから）

客席の入口の脇にベンチが置かれていたので、そこに腰を下ろし、ため息をつく。

（私って、どうしてこうなんだろう？　考えが浅くて、思いついたことは全部口に出しちゃう。本当に、刑事に向いてないわ）

昨日の会議室での言動も、振り返ってみれば反省点だらけだ。あの時、滝本主任は、名乗り出てきた高村進が本物の落とし主だという大前提のもとに応対していた。あとから聞いた話では、仮に間違いないと判断しても、昨日は遺失物を返還せず、二人を帰宅させてから、優子の意見を聞くつもりだったという。

（それなら、何も焦って口頭試問なんかする必要なかったのよ。軽はずみなことをしたせいで、こじらせちゃって……）

とにかく、このまま放置するわけにはいかないので、二人にもう一度署へ来てくれるよう説得するため、まずは寿喬師匠が出演中の寄席を訪ねてきたというわけだ。

「……サンポウイチリョウゾン！」

突然、客席からの声がかかる。優子ははっとなり、耳を澄ました。

「えっ？『三方一両損』でございますか。時間の関係で、ちょっと今日は……」

「だったら、『身投げ屋』を演ってくれ。あれなら短いからいいだろう」

「ええと、それは……はい。承知をいたしました。では、お客様のご注文により、『身投げ屋』を一席申し上げます。

『おい、与太郎。何を下向いて歩いてるんだ』

『金の入った財布が落ちてねえかと思って』」

気乗りしない様子で噺に入ったのだが、冒頭のたったこれだけのやり取りで客が爆笑し、マスコミの影響力のすさまじさを改めて思い知らされた。

「『そんなら、楽な仕事を教えてやろう。両国橋の上へ行ってドカンボコンをやるんだ』

『何だい。そのドカンボコンてのは』

『身投げのまねをするんだよ。誰か通りかかればきっと訳をきかれるから、〈借金で首が回らなくなり、いっそ死のうと思います〉。そして、向こうが〈金で済むことなら出してやる。いくら要るんだ〉と尋ねてきたら、相手の身なりをよく見て、金額を決めるんだ』

『ふうん。でも、そうならなかったら？』

『うまくいかなくて、もともとじゃねえか。次の獲物を待てばいい。で、金をもらったら、泣くまねをしながら〈旦那様、このご恩は一生忘れません〉と言うんだ』

『うふふふ。おもしろそうだな。一つ、やってみよう』

てんで、与太郎さん、夜中に両国橋の上までやってまいりました」

扉越しに噺を聞きながら、優子は昨日の出来事を振り返り始めた。

滝本から聞いた話によると、高村進は九十八万円をくるんでいた紙が十二月十日付の読売新聞都内版のスポーツ欄だと正確に言い当てた。一方、寿喬師匠は『ろくに見なかったので、新聞紙だという以外はわからない』と答えたが、これは至極もっともな話である。

高村が二枚の写真を置き去りにして行ったため、これについても、詳細な検討が行われた。レース名は『上総《かずさ》特別』。虫眼鏡で調べた結果、百枚ともその当たり馬券である可能性が高いことがわかった。

（十万円の一点買いだなんて、ずいぶん思い切ったことをするわよねえ。私は年に一度しか馬券を買わないから、どれくらいが普通なのか見当もつかないけど……）

そのまれな機会というのが四月のダービーだった。神楽坂署は来たばかりなので知らないが、前任の署では年に一度のお祭りとして、大の競馬好きが課内で注文を取り、非番か公休の者が買いに行くのが慣例になっていた。馬券の束を見たのはそんな時くらいだ。

遺失物の内容についての申告も正しく、現金の出所も明らか。さらに、寿喬師匠も『間違いなくこの人だ』と証言しているため、滝本は落とし主は高村進に間違いないと判断して、手続きを進めたい意向を示し、優子もこれに正面から異を唱えることができなかった。

（だって、反対する理由を明示できないもの。『たまたまあの時、問題の人物の姿が脳味噌に焼きつきました』……そんなこと、言えやしない）

優子には、今まで他人には打ち明けていない自分だけの秘密があった。

最初にそれを体験したのは五歳の時。幼稚園の帰り道に、偶然交通事故を目撃した。小学生の男子が乗用車にひき逃げされたのだが、目撃した瞬間、頭の中でシャッターを切るような音がして、たった今見た光景が細大漏らさず記録され、優子はその後、駆けつけてきたパトカーの警官に犯人が乗っていた車の色や形、ナンバーはもちろん、ボディについた小さな傷まで証言して、大人たちを驚嘆させた。

もちろん、そのような能力がいつでも発揮できるわけではない。もし常時可能なら、テストはすべて満点だったはず。もともと暗記ものは得意だが、それとは別次元の話なのだ。

スイッチが入るのはせいぜい年に一度か二度。先週月曜の晩がまさにそうで、保存されている顔の輪郭や肩の線、喉のしわなどが明らかに高村とは異なっていたが、それらを言葉で表現するのは不可能だ。

（まいったなあ。警察官になってから、この能力のおかげで何度か得をしたけど、今回は逆に面倒なことになってしまった）

　係内で相談できる相手は誰もいない。頼みの綱の平林には、昨日の夕方、一応相談してみたのだが、彼も多忙な様子で、アドバイスをもらうことはできなかった。

「『……おっ、また来たぞ。もう一稼ぎするかな』

『おい、せがれ。父ちゃんはここから身を投げて死ぬから、お前は一人きりになるが、頑張って立派な大人になるんだぞ』

『そんなの、嫌だよ。父ちゃんが死ぬなら、僕も一緒に死ぬ』」

　はっと気づくと、『身投げ屋』はどうやらそろそろ終盤らしい。

「『おや？　ありゃ、本物だよ。本当の身投げ親子だ。変なものに会っちまって……おい、待て。お前ら、金がなくて死ぬんだろう。この金をくれてやるから、死ぬのはよせ』

『いえ、そんな、見ず知らずのお方からいただくわけには――』

『俺だって江戸っ子だ。いったん出した金を引っ込められるか！』

　啖呵を切って、行ってしまいます。すると、姿が見えなくなってから、せがれの方が、

『……お父っつぁん、うまくいったね』

『ああ。次は吾妻橋《あずまばし》へ行こう』」

笑い声と拍手。お囃子の音を聞きながら、優子はゆっくり重い腰を上げた。

10

優子が楽屋の場所をきこうとすると、その前に木戸口の脇の電話が鳴り出した。呼び出し音が小さいのは、客席まで届かないようにとの配慮だろう。

法被を着た従業員の男性が受話器を上げ、話していたが、やがてロビーを見渡し、「あのう、三崎様はいらっしゃいますか」。驚いて歩み寄り、受話器を受け取る。

『おう。うまくつかまって、よかった』

電話をかけてきたのは平林だった。

『寿喬君にはもう会ったのか』

「いいえ。これからお目にかかるところですけど……」

『だったら、耳に入れておきたいことがある。昨日はゆっくり話ができなかったが、あのあと、巣鴨署の知り合いに連絡して、例のあいつについて探りを入れてもらったんだ』

「あっ、そうでしたか。お手間をかけて申し訳ありません」

『俺は何もしてないけどな。モンテカルロのママから話が聞けたそうで、いろんなことがわかった。高村進は中学の時からグレていて、高校を中退。ギャンブルと女にうつつを抜かす困った野郎だが、やつには二歳下の弟がいる。こっちは兄貴とは違い、堅い性格で、亀有《かめあり》の中学校で国語の教員をしてるんだが、その弟と寿喬君が大学時代の同級生なんだそうだ』

「ええっ？　そんな……ああ。そういえば、教育学部の卒業でしたね」

『進がママに自慢してたらしいよ。〈うちの弟は大金を拾った例の落語家と同級生で、今でも親友同士なんだ〉とね』

「なるほど。いまや有名人ですから、自慢するのは当然でしょう」

『あと、進と和夫《かずお》という名前のその弟は、体格が瓜二つだそうだ。弟の方が眼がぱっちりしていて男前らしいが、サングラスをかければ違いなんてわからない。だから、簡単に化けられると踏んだが、そうは問屋が卸さなかった。そんなところじゃないかな』

「じゃあ、主任、昨日やってきたのは……」

『まあ、そのあたりはあとで話そう。そういうわけだから、とにかく、寿喬君にもう一度署へ来てくれるよう頼んでくれ。来たら、俺がじっくり話を聞いてみるよ』

「わかりました。本当にいろいろありがとうございます」

電話を切る。男性従業員にお礼を言い、楽屋の場所を尋ねると、いったん外へ出て、脇の路地を入るよう指示された。

木戸を抜け、建物の右脇の路地へと向かう。

(結局、紀の善前の騒動はすべてお芝居だったんだ。あの時、寿喬師匠と口論をしていたのは兄の高村進ではなく、弟の和夫)

平林から得た情報をもとに、優子はそんな仮説を立てた。

(たぶん、当初の計画ではあの近辺の住人になれ合い喧嘩を目撃させ、そのあと、寿喬師匠がお金をうちの署へ届けることになっていたはず。目的は……やっぱり売り出し作戦でしょうね。だけど、自分たちの想像をはるかに超える反響があったので、和夫さんが怖じ気づいてしまい、代わりに兄貴が名乗り出てきた。きっと、そうだわ)

中学校の教員が酔って騒ぎを起こしたというだけでも問題だし、さらに、もしその喧嘩が虚偽だったとわかれば、最悪の場合、教壇を追われる可能性さえある。身代わりを頼みたくなる気持ちも理解できた。

(それと、もう一つの問題は例の写真よね。公務員が競馬をやって悪いという規則はないけど、生徒や保護者の間で噂になるのは困るに決まっている。だから、真相が明らかになり、和夫さんにお金を返す際には、マスコミに情報が漏れないよう注意してあげないと)

路地を進んでいくと、左手にドアがあった。それを開け、声をかけると、すぐに返事があり、現れたのは眼鏡をかけた若い前座さん。警察官だとは名乗らない方がいいと思ったので、

「申し訳ありません。金鈴亭寿喬師匠をちょっと呼んでいただけませんか。私は、昨日お目にかかった三崎です。そうお伝えいただければわかると思いますので」

「承知いたしました。少々、お待ちください」

そう言って、前座さんは楽屋へ引っ込んだのだが、その後、一向に反応がなく、十分近く経って、ようやく寿喬師匠が現れた。

「あの、昨日はせっかくおいでいただいたのに、大変失礼いたしました」

「いいえ。別に失礼なことはありませんが……」

師匠はまるで汚いものでも見るような眼で優子を一瞥《いちべつ》すると、

「まだあたしに、何かご用ですか」

「えっ？　それは、まあ……」

冷淡な声と口調に狼狽してしまう。芸人らしい愛嬌は完全に影を潜めていた。

「昨日の件ですが、やはりあのまま終わらせるわけにはいかないので、ご都合のつく時でかまいませんので、署の方へおいでいただきたいのですが……」

「勘弁してくださいよ！　もうたくさんです」

　丁重にお願いしたつもりだったが、意外なほど強い口調で寿喬師匠が言った。

「あたしはもう関わりたくないんですよ、あの金には。いろんなことを言われて、すっかり嫌になっちまったんだ。名乗り出た張本人の高村さんて方が『申し出を撤回する』とおっしゃってるんだから、放っておけばいいでしょう」

「高村さんて方って……だって彼は、中学校の先生をしているあなたのお友達のお兄さんでしょう」

　そう口に出してしまってから、優子は後悔の念に駆られた。今は署へ来るよう促すのが何よりも重要で、いたずらに刺激するのは避けるべきだったのだ。

　案の定、寿喬師匠が大きく口元を歪め、泣き出しそうな顔になり、

「と、友達の兄貴だったら、何なんですか。あたしの友達に学校の教員がいたら、何がどうだというんです？」

　早口で問い詰められ、優子はうろたえ、頭の中が真っ白になってしまった。

「いえ、別に深い意味では……ただ、その、学校の先生というのは何かと窮屈な立場ですよね。あくまでも仮の話ですが、競馬に大金を賭け、一千万円以上も大勝ちしていたことがもしわかれば、いろいろと差し障りがあるのでは……」

自分でも何を喋っているのか、わからなくなってしまった。

師匠はというと、優子の言葉にますます激昂し、

「とんでもない！　それは下衆《げす》の勘ぐりというやつです。あの一千万円は和夫がコーナイで……ううっ」

そこで突然絶句する。興奮のあまり、高村和夫が自分の友人だと暗に認めてしまったことに気がついたのだろう。そして、優子にはもう一つ、聞き逃せない言葉があった。

「あの、今たしか『校内で』とおっしゃいましたよね。もしかすると、写真に写っていたのは中学校の先生方からお金を集めて、共同購入した馬券ではありませんか。だから、その事実を隠そうとして――」

「うるせえなあ！　何なんだよ、あんた。因縁つける気か」

師匠の背後からいきなり別の人物が飛び出してきて、大声でわめき始めた。その顔に見覚えはあったが、誰なのか、すぐにはわからない。

「警察だと言えば、どんな相手でも地べたに這いつくばってヘイコラすると思ってるんだろう。俺には代議士の知り合いが大勢いるんだぞ」

その台詞で、やっと思い出した。声帯模写の菊原蝶二だ。しかし、彼がなぜこんなに激しく自分をなじるのかが理解できなかった。

「警視庁の上層部に圧力をかけることくらい、簡単なんだ。妙なところを掘っくり返す暇があったら、おとなしく交通整理でもやってろ！」

　訳がわからなかったが、寄席の楽屋口で怒鳴り合うわけにもいかない。仕方なく、優子はその場から退散した。

11

「……というわけなんです。うまくまとめられなくて、申し訳ありません」

　事情を説明し終えて、優子は深く息を吐いた。

「若手落語家が関係する事件なので、面倒が起きる前に、師匠にご相談した方がいいと、平林主任からアドバイスされたものですから。お忙しいところ、本当に申し訳ありません」

「いやいや。謝らなくたっていい。まとまってないなんてのはご謙遜だ。簡にして要を得る。聞いていて感心しましたよ」

　翌日の午前十時過ぎ。場所は稲荷町の長屋の居間だ。長火鉢の向こうと脇に正蔵師匠とおかみさん、手前に平林と優子が並んで座っていた。

「それに、スイッチが入る……だったね。相手の姿が一瞬で脳に焼きつくてえ体験についてだけど、まずは、あたしみたいな者《もん》に話をしてくれて、ありがとう」

「いいえ。とんでもありません。私も誰かに打ち明けたいと、ずっと思っていましたから、今日は本当によかったです」

話し始めた時点では、そんなつもりはなかったが、師匠と向かい合っているうちに、どうしてもその点に触れたくなったのだ。

「私も昨日、三崎からその事実を聞いて驚きました」

と、平林。彼は説明の途中、ただの一度も口を挟まなかった。

「そんなことが、実際にあるのでしょうか」

「そりゃあ、あるさ。あたしが請け合うよ」

自信たっぷりに、師匠が断言した。

「今はない演目だが、昔は『記憶術』なんてのを売り物にしてる芸人がいた。お客様からお題……その時のニュースや流行語、ことわざ、数字なんぞを三十ももらい、助手が半紙に書き出して、客に見えるように貼る。そいつを全部暗記しちまって、一つ置きでも二《ふたあ》つ置きでも自由自在に読み上げ、終《しま》いに三十番から立て板に水で一番まで逆に読む。実に見事なもんだったよ。

そういう人の記憶ってのは、あたしたちみたいな凡人とは根本からして違うらしい。一度見た景色が写真みたいに脳に焼きつき、決して忘れない、なんて人も知っている。ねえ、三崎さん」

「あ、はい。何でしょうか」

「そのうち、あなたみたいに特別な記憶をもつ人について、科学的な研究が進むはずですよ。それまでは目立ちすぎない程度に、能力を活用するのがいいね」

「ありがとうございます。今のお言葉で、何だか胸の重しが取れたような気がします」

「じゃあ、よかった。それはそうと……寿喬の件はちょいと厄介だねえ」

そう言い、正蔵師匠が一転して眉を曇らせる。

「あいつはうちにも何度か稽古に来たことがあるが、真面目で芸も本寸法《ほんすんぽう》。順調に育てば将来有望と思ってたんだ。そこへ降って湧いたような今回の騒動だろう。世間に顔が売れて万々歳のようだけど、あれ、一歩間違えると、噺家として命取りになるよ」

「私もその点を危惧しています。マスコミは誰かを無責任に持ち上げる代わりに、何かあれば平気で奈落の底へ突き落としますから」

「平林さんの言う通りだ。それと、さっきの説明の最後だけど、蝶二がしゃしゃり出てきたってのも不安材料だね。三崎さんと寿喬の会話に聞き耳を立て、何か気に入らないことがあったから、脅しにかかったんだろう。若い娘と侮ってさ」

「ああ、はい。私も師匠と同じように感じました」

優子がうなずく。菊原蝶二の登場はいかにも唐突だったが、その陰には、本人にとってやむにやまれぬ事情があったはずだ。

「『警察の上層部に圧力をかける』なんてのは芸人として恥ずべき暴言だけど、まるっきりの嘘というわけでもない。歴代首相の声色《こわいろ》を十八番にしてるくらいだから、政治家のパーティの余興によく呼ばれて、現役大臣にも知り合いがいるらしいよ。あくまでも芸人と旦那のつき合いだろうけど、トラの威を借るキツネってやつで、本人は調子に乗り、生活ぶりもひどく派手だと聞いたな」

「確かに危険なにおいがします。それで、今回は師匠に例の一千万円の正体について、お考えをお聞かせ願いたいのです」

稲荷町駅からここまで来る間に平林から聞いたのだが、正蔵師匠はシャーロック・ホームズも裸足で逃げ出すような名探偵で、公にはされていないが、これまでに解決した難事件がいくつもあるという。平林にとっては、掛け替えのない相談相手なのだ。

「一応、高村進という人物が名乗り出てきましたが、まだ正式に申し出を受理したわけではありません。このまま半年が経過すると、問題の金は国庫へ入ってしまい……まあ、それはそれでかまわないのかもしれませんが、もし三崎の言うように、その金が寿喬君の関係者の懐から出ていて、騒ぎが大きくなりすぎたせいで言い出せなくなっているのなら、助け船を出してやりたいと思います」

「寿喬の関係者の懐から……ああ。例の売り出し作戦ってやつだね」

師匠がうなずき、少し頬をゆるめる。

「あたしは、それは違うような気がするなあ。寿喬てえ男は腹の底からの芸の虫でね、テレビの力で売れようなんてさもしい了見はないよ」

「あのう、もちろん、おっしゃる通りだとは思いますが……」

優子がそう切り出すと、脇で平林が眉をひそめた。『反論するなんて百年早い』と言いたいのだろうが、生まれついての性分なので、どうにもならない。

「本人にまったくそんな気がなくても、友達にせがまれて嫌々ながら、という可能性はあると思いますが」

「なるほど。友達てえと、高村進と和夫の兄弟か。ただねえ、飲み屋の店員と学校の先生が発案したにしては、いくら何でも費えが大きすぎないかい。三崎さんの考えだと、弟の方が競馬で当てた金が元手らしいけど、中学校の教員にとって十万円は大金だよ。一つのレースにそんな額を賭けるものかねえ」

「自分一人のお金ではなく、周りの人たちからも集めたと考えれば、あり得ると思います。何か信憑性のある裏情報でも入り、それに基づいて、みんなでお金を出し合って馬券を買ったのではないでしょうか」

「周りの人てえと、中学校の先生方かい」

「はい。あまり自慢できることではありませんが、私たちの業界でもダービーの時期などに、署内で誰かが注文を取って馬券を購入することがあります」

「ああ。それなら我々の世界にもあるよ。寄席の楽屋で堂々と注文を取ってやがるから、叱りつけたことがあった。あたしゃ、賭け事が嫌いでね、蕎麦でもカケはやらずに……おや？　ちょいと待っとくれ」

「あの、どうかされましたか」

「いや、何、大したことじゃないが……三年ばかり前、大声で叱りつけた相手が菊原蝶二だったのを思い出したのさ。あいつはギャンブル狂いでね、それも手銭《てせん》でやるならともかく、他人《ひと》の金で馬券だの車券だのを買ってやがるらしい」

「他人の……つまり、オダンの金を預かってるということでしょうか」

　平林の言葉に一瞬戸惑ったが、たぶん『お旦』で旦那の意味だろう。

「それこそ、代議士とか会社の社長とかだろうねえ。そういう手合いの機嫌を取り結ぶなんて芸当はあたしにはできっこないから、まめに高座へ上って稼ぐより仕方がない。

　何だか、話が逸れちまったけど……高村和夫が学校の同僚の金を預かり、馬券を買ったというのは、失礼ながら、いささか突飛な考えだね。それとも、そんな見立てをするのには、何か根拠でもあったのかな」

「あ、はい。ほんの些細なものですが、一応あります。昨日、神楽坂倶楽部の楽屋で寿喬師匠にお会いして、私が『あの一千万円はお友達の高村和夫さんが競馬で勝ったお金ではありませんか』と尋ねた時、師匠は『あの一千万円は和夫が校内で』と言い、そこで絶句されたのです」

「ええっ？　寿喬が、そんなことを言いましたか」

　正蔵師匠が急に眼を大きく見張る。明らかに驚いている様子だが、何が原因なのか、優子には見当もつかなかった。

「これは、ひょっとすると……ねえ、三崎さん。この際、原点に立ち帰り、汁粉屋前の喧嘩を検証したいんですがねえ。そうすると、何か手がかりが見つかるかもしれない。お互いにどんなことを言い合ってましたか」

「ええと、それは……まあ、テープレコーダーみたいには再現できませんが、もともと記憶はいい方なので、何とか思い出してみます。

　前半はお決まりの台詞が並ぶ罵倒合戦なので、それは省略するとして、まず寿喬さんが『俺は金がほしくてお前を追いかけたわけじゃねえぞ』と言い、そして『その横柄な態度は何だ。あんな場所に置きっ放しにしたら、誰かが猫ばばするに決まってる。上り下りする人間がどれほどあると思ってるんだ。いったん誰かの手に渡れば――』」

「わかった、わかった。もういいよ。いやあ、記憶術の芸人も顔負けだねえ。感心しましたよ。おかげで、謎が解けた」

「えっ、謎が、解けた？　まさか、そんな……」

　唐突な宣言に優子は仰天し、さっと平林の方を見た。彼も驚きの表情を浮かべていたが、それでも深くうなずいたのは、師匠の推理力を信頼すればこそだろう。

「今回の真相は特に奇抜ってわけでもないなあ」

　そんな二人を尻目に、余裕たっぷりの様子で師匠が続けた。

「ふとした出来心が元で二進《にっち》も三進《さっち》もいかなくなり、そこを腹黒いやつにつけ込まれた。それがこんな珍妙な仕儀に立ち至った原因だね」

12

ちょうどいいタイミングで、おかみさんがお茶を差し替えてくれたので、それを飲み、少し気を落ち着ける。

正蔵師匠も湯飲みを取ると、しみじみした口調で、

「『問うに落ちずに語るに落ちる』なんて、昔の人はうまいことを言ったが、何か邪《よこしま》な企みをすれば、自然と言葉の端々にぼろが出るもんさ」

その通りだとは思うが、具体的にどういう意味なのかが不明だ。すると、師匠が、

「三崎さん、『コーナイで』と寿喬が言った時、すぐに『学校の内《うち》』という漢字が頭に浮かんだんでしょう」

「え、ええ、そうですけれど」

「だけど、同じ音《おん》で、それ以外にもう一つ、同音異義語がある。割って話せば、漢字は『構造』の『構』だ」

「コウゾウノ、コウ……？　ああ。『構内』ですか」

隣で平林が「あっ」と声を出す。たったこれだけのヒントで謎が解けたらしいが、優子

はまだ五里霧中のままだ。

「その単語は知っていますが、意味がよくわからなくて……」

「辞書に載ってる意味は『施設などの管轄範囲内』とかだろうけど、実際に使用される対象は限られているね。まずは大学だ」

「大学？　だったら、すぐそばに東京理科大がありますけど……」

「それも考えられないことはないが、一千万円入りの鞄を大学の敷地内に落とす例は、あまりないように思うがね。もっといろんな地位や職業の人たちが歩き回る場所の方が、可能性は高い」

（大金の入った鞄を、落とす？　その場所が問題なのか。つまり、売り出し作戦のための芝居だったという私の考えは、根本的に間違っていたわけなんだ）

　とにかく今は、邪念を払い、師匠のご高説を拝聴するしかない。

「その点について説明する前に、もう一つ。『上り下りする人間がどれほどあると思ってる』と寿喬はきいたそうだけど、それはどこを上ったり下りたりするんだろうね」

「そこは考えたことがありませんでしたが、たぶん坂だと思います。すると、二人の話はやはり嘘で、例のバッグは神楽坂のどこかに落ちていたんでしょうか」

「いやいや。そうじゃない。あまり焦らすと気の毒だから、そろそろネタを割ることにするがね」

　分厚いレンズの奥の両眼がすっと細くなった。

「一般的に『構内』といえば『駅の構内』が圧倒的に多い。つまり、問題の品は飯田橋駅の構内……駅の中には数えきれないくらい階段があるだろう。そのどこかにあったんだろうよ」

「ああ、なるほど。だから、上り下り……確かに階段の可能性はあります。そういえば、寿喬師匠のその言葉のあと、相手の男が『こいつ、よけいなことを』と言いました。たぶん、今ご指摘のあった点が引っかかったんでしょうね。ただ、それにしても、なぜバッグを紀の善前まで運び、あんな手の込んだ芝居を――」

「おいおい。皆まで言わせるんじゃないよ。困ったやつだなあ」

　優子の言葉を遮り、平林が呆れ顔で言った。

「まさか知らないはずはないだろう。遺失物の拾得者は、遺失者が判明した場合、五パーセントから二十パーセントの報労金を請求できる」

「はい。もちろん、知っていますけど……」

「ただし、それは路上で拾得した場合だ。施設内で拾った場合には？」

「ですから、それは……ああっ！　そうだったのか」

優子の全身に電流が走り、騒動の裏に潜んでいたものの正体がやっと見えてきた。

（落とし物を警察署へ届けるのは、あくまでも路上などで拾った時で、施設内なら管理者に届け、管理者が警察へ持参する決まりだ。その場合、報労金は折半になり、拾い主の取り分は二・五パーセントから十パーセント……最も一般的な報労金一割のケースで考えると、一千万円を橋の上で拾えば百万円だが、国鉄の構内なら五十万円しか受け取れない）

警察官の常識として、それくらいは知っていたが、とっさに思い浮かばなかった。

「ここからは多少想像が交じるけど、大金の入ったバッグを見つけたのは寿喬と高村和夫だと思うよ。二人でどこかで飲み、肩を並べて飯田橋駅構内の階段を通っていたら、途中にあれが置いてあったんだろうね。

寿喬は真面目一方の男だから、正直に届けようと言ったはずだが、和夫が酔った勢いもあり、また酒癖もよくなかったから、それに反対したんだろう。とはいえ、もし教員の遺失物着服が露見をすれば、懲戒免職は免れない。そこで、寿喬が説得し、何とか思いとどまらせることができた」

「なるほど。しかし、高村和夫は駅の構内だと報労金が減額されることを知っていて、せめて満額受け取れるようにすべきだと強硬に主張したため、寿喬師匠もついに折れざるを得なかった。つまり、例の喧嘩は周囲の人に目撃させることが目的だったのですね。駅の構内から外へバッグを運び出す役割を果たした名なしの権兵衛《ごんべえ》を」

「その通りさ。酔っ払いが最初に拾って橋の上まで運び、そこに置き去りにしたものを寿喬が拾った。それなら、お礼は満額受け取れる。赤いジャンパーやサングラスは急きょ、どこかで買ったんだろう。

きっと、二人とも落とし主がすぐに現れると思い込んでたんだろうね。無理もないよ。一千万円の落とし物なのに、誰も名乗り出ないなんて事態は、普通は考えられないもの。で、一週間経った時点で、『これはどうやら表には出せない金らしい。それなら、さっさと横取りしちまおうと悪巧みする連中《れんぢゅう》が現れた』」

「師匠、高村進と菊原蝶二はどう考えてもグルですが」

と、ここで平林が口を挟んだ。

「それは、やはりギャンブルを介した関係でしょうか」

「だと思うよ。競馬場の常連は自然と顔なじみになるそうで、素人が想像するよりはるかに狭い世界らしい。二人がかりで言いくるめられ、寿喬の方にも最初《はな》嘘をついちまった弱みがあるから、断りきれなかったんだろう」

「すると、大量の馬券を撮った例の写真は……」

「蝶二が撮ったんだろうけど、誰かに頼まれて買っただけで、勝ち金はやつの懐へなんぞ入っちゃいないよ。ギャンブル狂の社長や代議士とつき合いをしてれば、たまにはそれくらいのことがあるさ。

噂によると、野郎は近頃博打で負けが込み、借金がふくらんでいるらしい。それで、苦し紛れに金の横取りを企んだんだろう。中には質《たち》の悪い借金も多くて、まずは半年待ってみるなんて悠長なまねは、していられなかったんだと思うよ」

「あのう、師匠、ご説明を伺って、事件の全体の構図はわかりましたが」

すさまじいばかりの洞察力に驚嘆しながらも、優子は小首を傾げざるを得なかった。

「納得できないことが一つあります。馬券の写真に加え、当日の衣装まで用意して署へ乗り込んできた二人が、なぜあんな形で逃げ出したのでしょう？」

「そんなこと、あたしにわかるわけがない」

正蔵師匠はあっさりと首を横に振る。

「ただ、あてずっぽうで考えてることはあるがね」

「それで結構ですから、ご教示ください」

「だったら言うが……たぶん、指紋だよ。ねえ、平林さん。落とし主確認のために、バッグに付着している指紋と本人の指紋を照合することはありますか」

「え……ええと、普通は、そこまではしません。遺失物の内容の確認と現金の出所、それに今回の場合、寿喬師匠の証言があるので、それで充分、条件を満たしています。ただ、金額が大きいのに加え、世間の話題をさらってしまいましたから、もしかすると、会計課長あたりが『念のため、協力をお願いしろ』と指示を出していたのかも……いや、きっとそうですね」

平林が眼を見開き、二度、三度とうなずく。

「さすがに、そこまでは考えてなかったので、高村進はあわてて退散したんでしょう。バッグにはやつの指紋なんて一つもついちゃいませんから。署に戻って確認すればすぐにわかりますが、師匠のお考えで間違いないと思います」

「あのう、それでは、結論として、今後、どうすればよろしいのでしょうか」

優子が質問すると、正蔵師匠は白い歯を見せながら、

「胴も頭《かしら》もあるもんか。放っておけばいいよ。本当の持ち主が名乗り出てくれればすっきり落ち着くが、いわくつきの金だとすると、難しいかもしれない。いっそ、国庫に納まって、誰かの役に立った方が、お札の聖徳太子《しょうとくたいし》様も喜ぶと思うね。それはそうと、平林さん、一つお願いがあるんだが、きいてもらえるかな」

「あ、はい。もちろん。私にできることでしたら……」

「今後、持ち主が見つかる可能性もあるわけだから、残りの連中の結末をどうつけるかは

ゆっくり考えることにして、とりあえず、蝶二にきついお灸をすえてやりたいんだよ。やつは以前、賭場《とば》で御用になって、起訴まではされなかったが、指紋が警察に保存されてるはずなんだ。

だからさ、野郎のところへ行って、『例の写真の当たり馬券からあなたの指紋が出てきましたが、どういうことなんでしょう』ときいてもらえないかな。そうすれば、たとえ嘘でも、やつは震え上がるはずだから」

「ああ、なるほど。承知しました。お安いご用です」

日本中央競馬会では、何かの際に必要になることを想定して、すべての当たり馬券を一定期間保存している。それが犯罪捜査の役に立ち、犯人逮捕につながった事例があることを、優子はごく最近知ったのだが、博覧強記の師匠にとってはごくあたり前の知識なのだろう。

「お話は大体済みましたかしら。じゃましちゃ悪いと思って、口を出すのを我慢してたんだけど」

ずっと黙っていたおかみさんが口を開く。二人が訪ねてきた時には外出中だったので、優子とはほんの挨拶程度しか会話をしていなかった。

「あ、はい。申し訳ありませんでした。これで、もう大丈夫です」

「だったら、早速だけど、あなた、桜寿司の珠代さんのお嬢さんなんでしょう」

「はい。母から事情は聞きました。おかみさんのご実家は初音《はつね》寿司さんというお店だと……」

「そうそう。あなたのお祖父さんには大変お世話になったの。懐かしいわあ。うちの店はね、今はなくなっちゃったけど、立花《たちばな》家《や》という寄席の真ん前で、若い噺家がよく出入りをしていて、それであたしが見初められたというわけなのよ」

「おばあさん、何を言ってるんだい。別に、俺が見初めたわけじゃねえ」

　正蔵師匠が顔をしかめながら反論する。

「そっちでどうしてもというから、よんどころなくもらってやったんだ。おかげで、二宮《にのみや》金次郎《きんじろう》でもあるめえし、生涯マキを背負って暮らすはめになっちまった」

　意味がわからず、平林に解説を頼むと、師匠の本名が岡本義《よし》で、おかみさんが岡本マキ。『薪』と『マキ』の地口なのだ。

　どうやら昔の話を持ち出され、少し照れているらしい。そんな師匠もすごくチャーミングだなと思っていると、二階からの階段を下りてくる微かな足音がして、居間に黒猫が現れた。

「おや、黒兵衛。起きてきたのかい。今日はずいぶん寝坊だったねえ」

「クロベエ……というのですか。じゃあ、雄なんですね」

尋ねると、おかみさんは猫を膝の上に乗せて、うれしそうに笑い、

「そう。六つになるの。子猫の時、ここにいて、その後、もらわれていったんだけど、やっぱり家《うち》がいいと思ったらしくて、戻ってきてくれたんだよ。向こうをこっそり抜け出してさ」

「へえ。お利口なんですねえ」

「優子さん、猫はお嫌い？」

「いえ、好きですけど……どちらかというと、犬の方が好きですね」

怖々《こわごわ》手を伸ばし、そっと背中に触ってみると、人懐っこい性格らしく、黒猫が舌を出し、指先をペロペロなめる。その反応に安心して、優子は柔らかい体毛を手の平でそっとなで始めた。

第三話　神楽坂の赤犬

「……ああ、持ってっちゃった。隣の家の鶏《とり》を預かってただけだから、しょうがねえけど、きっと、あいつ、怒るよ。俺があれをさばいたのを肴にして、あいつが酒を買うって約束だったからな。さて、どうしようか。

　そうだ。『お燗《かん》の用意をしてたらガタンと音がして、見たら、犬がくわえていきやがった』。そう言えばいい。早速尻っぱしょりをして、向こう鉢巻き。片肌脱いで、右手に出刃包丁。これでよしと……おっ、戻ってきたな。『さあ、こん畜生。どこへ逃げやがった？叩っ殺してやるから覚悟しろ！』」

「おい。どうしたんだよ。出刃なんか持って。危ねえから、下ろせ」

「止めねえでくれ。お前《めえ》に申し訳が立たねえ。実は眼を離した隙に犬が入《へえ》ってきて、さっきの鶏をくわえてっちまったんだ」

「何だよ。せっかく酒買ってきたってのに、鶏肉がねえのか。困ったなあ。だったら、俺がそっちも買ってこよう」

「そうかい。すまねえ。この恩は一生……ふふふ。行っちゃったよ。何とかごまかした。で、うまいこと、酒が手に入って……おや？　いいにおいがするね。お毒味してやろうかな。

　ほう。湯飲みに注ぐと、盛り上がってる。こいつは……うん。いい酒だ。飲みたいなあと思ってたとこだから、生き返ったぜ。どうせ、やつは大して飲めねえんだから、もう少しいいだろう。

　……遅いね。何してやがんのかな。肴、肴ってうるせえけど、俺なんざ味噌か塩でもありゃあ、五合《ごんごう》くらいはやっちまうんだ。どうせなら、あと、ちょいと……ふふふ。『酒は米の水、水戸《みと》様は丸に水、意見するやつは向こう見ず』ってな。昔の人はいいことを言うね。『この酒を止めちゃ嫌だよ、酔わせておくれ。まさか素面じゃ言いにくい』なんてなあ……あはははは！　おや？　酒がなくなっちまったぞ。弱ったねえ。どうすれば……そうだ。『また犬が来て、徳利《とっくり》を倒して行っちまった』。これに決めよう。残った酒をこうやって畳に撒いて、出刃を持って、と。『さあ、勘弁ならねえぞ！』」

「あの野郎、俺が帰ってくると、怒鳴ってやがる。どうした？　まずは出刃包丁を下ろせ」

……場に到着した時には、倉庫の外壁をオレンジ色の炎がなめている程度だったが、見る見るうちに火の勢いが強くなった。そして、突然、爆発音とともに道路側の窓ガラスが割れ、中から炎が噴き出した。

その時すでに、現場周辺には数十人もの野次馬が集まっていたが、最初の爆発の際、彼らが発した悲鳴はまだ耳に残っているし、それを聞いた瞬間、体を貫いた強烈な快感は生涯忘れられないと思う。爆発音はそれ以降も何度か続けて聞こえた。

度重なる爆発音に危険を感じたらしく、虎目のロープを張って立ち入り禁止措置を取り、警備にあたっていた制服警察官が鳴り響くサイレンの中、「危険ですから下がってください。もっと下がって！」と大声を張り上げていた。

しかし、世の中には大胆なやつがいて、どう見ても七十を過ぎたアノラック姿のよぼよぼの老人が「じゃまするなよ、お巡り。火災の見学は市民の権利だ！」と応戦する。この人、公務執行妨害罪で逮捕されるのではと思い、内心期待していたのだが、それどころではないらしく、警察官には無視されていた。

その老人は家族がいないのか、よほど人恋しいらしく、「よく燃えるねえ」などと周りの見物人に話しかけていたが、僕のそばにもやってきて「爆発してるのは塗料のスプレー缶だぜ。工務店の物置だから、大量に置いてあるんだ」とうれしそうに言った。

それを聞き、的確な指摘だと感心したが、さすがに人目を考えて同調するのは控え、「これ以上爆発しないといいですね」と無難に応じた。たぶん、筋金入りの火事マニアだったのだろう。

そして、倉庫全体が巨大な炎に包まれた時、何とも言えない誇らしさと達成感で心が満たされた。時限発火装置を仕掛けた頃にはほとんど無風だったが、その後、強い北風が吹き始めた。神様も、僕に味方をしてくれたのだ。

十二月十一日（火）

とんだ大失敗をしてしまった。あの家に、今でも人が住んでいたらしい。

確かに『高橋自転車店』という看板は出ていたが、表は常に雨戸が閉まった状態だったし、念のため、夜間に二度下見をしたが、二階の窓にも明かりはついていなかった。

てっきり空き家だと思ったから、発火装置を仕掛け、二時間後に行ってみると、放火は大成功。家は巨大な火柱になっていたが、野次馬たちの様子がどうもおかしい。

「高橋さん、大丈夫かな。うまく逃げ出せたの」

「姿が見えないわよ。まだ家の中にいるんじゃない？」

近所の人たちだろうが、そう言い合っているのを聞き、背筋に悪寒が走って、後ろも見ずに逃げ出した。

自転車屋は廃業したが、自宅として住み続けていたということらしい。老夫婦の場合、足が悪かったりすると、一階だけで暮らすことは考えられる。たぶん裏に入口や窓があるのだろう。

大変なことになってしまった。明後日あたりの新聞で確認するしかないが、もし本当に死人が出たとしたら、一生後悔してもしきれない……

1

噺家さんが登場する際に鳴る出囃子は人によってそれぞれ違い、すべてに呼び名があるそうだ。ちなみに、優子はずっと『落語家』だと思ってきたが、平林は必ず『噺家』と言う。その両者にどんな違いがあるのか、三崎優子にはわからなかったが、一昨日、稲荷町の長屋へ初めて行き、もらった名刺の肩書は『噺家　俗に落語家ともいう』となっていた。

正蔵師匠の出囃子は『あやめ浴衣《ゆかた》』で、元は長唄。これはもちろん平林からの受け売りだ。それ以外にもいくつか、寄席の世界独特の符牒を講義してもらった。

神楽坂倶楽部十二月下席興行の初日である二十一日、金曜日。夜の部の休憩前、いわゆる中主任《ナカトリ》の出番が正蔵師匠で、前座さんが高座下手《しもて》に置かれたメクリで名前を出すと、場内に小さなどよめきが起きた。

太鼓が入り、三味線が深みのある落ち着いたメロディを奏でる。ややあって、下手から稲荷町の師匠が登場した。

今日も衣装は黒紋付。高座中央まで進み、座布団に片足を載せながら、着物の裾が広がらないよう前を軽く押さえる。正座すると、客席に向かって笑顔を作り、深々とお辞儀。

「えー、上方噺《かみがたばなし》というのは、無駄が多いと言っては失礼ですけれど、なくてもいいような件《くだり》が結構ございますもので」

懐から手ぬぐいを出して座布団の脇に置き、扇子を取り出して、座布団の下へ斜めに差す。この両者は高座に上る際の必需品で、符牒で『カゼとマンダラ』と呼ぶそうだ。

「『饅頭怖い』なんて、皆様におなじみの噺がございますが、あれも上方ですと、町内の若い連中《れんぢゅう》が集まり、まずは好きなものの言いっこをして、次に嫌いなものを言いっこする。そのうち、怪談仕立てになってまいりまして、これが延々と続き、噺の眼目である『饅頭が怖い』と言い出す男が出てくるまでに、三十分近くもかかってしまいます。

本日のお噺は『大《おお》どこの犬』と申しまして、関西ですと『鴻池《こうのいけ》の犬』。あたくしはこれを、桂文《かつらぶん》次郎《じろう》という方から教わりました。この師匠は、向こうの人にしては珍しく、無駄てえものがありません。ですから、短時間で要領を尽くす。ここんとこに、あたくしは大変感心をいたしました」

（『鴻池の犬』……これも初めてだ。私の知らない噺って、たくさんあるんだなあ）

『古典落語』シリーズの後半三冊には『上方篇』があるが、この噺は収録されていない。ただし、続々の『煙草の火』に主人公のお大尽《だいじん》の親戚として、大阪の豪商・鴻池家が登場している。演目名のうち『大どこ』はあまり聞かない言葉だが、おそらくは『大家《たいけ》』、つまり資産家という意味だろう。

噺の幕開きはとある商店で、朝、小僧が表の戸を開けようとしたが、どうしても開かない。そこで、店の主人に命じられ、裏口から回ってみると、

「『あっ、旦那。箱が置いてありますよ。それで戸がつかえてたんです』

『箱が……？　ふうん。中に何か入ってるのか』

『はい。赤ん坊が入ってます』

『ええっ？　だったら、捨て子じゃないか。で、何人だ』

『三つです』

『三人も？　そりゃ、大変だ。そこを開けて、こっちへ入れてやりな』

『へい。ええとね、これが斑《ぶち》でね、そいから、黒と白です』

『何だい。その斑と黒に白ってのは？　早く持ってきて……これ、犬の子じゃないか』

『犬でも赤ん坊です』

『それはそうだが、人間の子と間違えちまうよ。だから、三つじゃなくて、三匹と言わなくちゃいけない』」

しかし、主人は情け深い人と見えて、『また捨てに行くのもかわいそうだから、うちで飼ってやろう』と言う。

「この三匹のうちで黒い子犬だけを、小僧が可愛がる。ご飯を食べる時にも、ちゃんとそばに置いておくし、近くのお使いだってえと、懐へ入れて出かけるてえ按配《あんばい》です。まるで兄弟のように『クロや、クロや』ってんで、朝から晩まで、有頂天になって可愛がってあります」

（……犬の噺か。上巻の『元犬』は全身真っ白な毛の犬だったな）

『元犬』は浅草蔵前《くらまえ》に住む白犬が八幡《はちまん》様に願がけをし、そのご利益《りやく》で人間になるという奇想天外なストーリーだ。

（黒い犬だから、クロ。そういえば、クロ子はあれから……死んじゃったよな、そうに決まってる）

しばらく忘れていた幼い頃の悲しい記憶が蘇ってきた。それは小学三年生の冬に起きた、小さな……しかし、優子にとっては生涯忘れることができない事件で、その時、三崎家では父と娘との間に深い心の溝ができてしまったのだ。

2

『クロ子』と呼んでいるが、本当の性別はわからない。優しげな顔立ちなので雌だと思った。ただ、それだけ。

　出会ったのは小学三年生の冬。一月中旬頃だったので、今でも毎年、正月気分が抜けると、必ずそのことを思い出す。

　噺と同様、捨て犬で、出会った場所は家の近所の空き地だ。ある日、学校帰りの優子はそこで、段ボール箱に入れて、置き去りにされた子犬を見つけた。見たところ、日本犬の雑種で、体毛は黒く、胸元と頬、足の先が薄茶色。生後二、三カ月くらいだったろう。

（あの時、クロ子は寒さと飢えでひどく弱っていたけど、私の顔を見て、眼を輝かせ、尻尾を振ってくれた。きっと人間が大好きだったんだ。とても放っておけないと思い、箱を抱え、大急ぎで家へ帰ったけど……）

　黒い子犬は温めた牛乳をおいしそうに飲み、牛乳に浸したパンも食べた。間違いなく、元気を取り戻しかけていたのだが、危惧していた通り、夜遅くになって帰宅した父の勇武《いさむ》がクロ子を見て怒り出した。

　犬だけでなく、動物全般が嫌いなのだ。もし素面であれば、娘のたっての願いを聞き入れてくれたかもしれないが、折悪しく、その晩の父はひどく酔っていた。そのため、妻の珠代が止めるのも聞かず、自ら犬を抱え、外へ捨てに行ってしまったのだ。

（明るくなってから必死に捜し歩いたけど、結局クロ子はどこにもいなくて……ああ、ま

ただ。初めての噺なんだし、ちゃんと聞かないと）

追憶に浸っていた実際の時間は十秒もなかったろう。優子は座り直し、高座に注目した。

ある日、三匹の犬を拾った商家へ黒犬を譲り受けたいという人物がやってくる。小僧がいると面倒だと思った主《あるじ》は、翌日、わざと遠くまで使いに出し、その間に犬を渡すことにしたのだが、相手が礼金として五円差し出すのを見て、態度を硬化させる。

「『五円といえば大金ですよ。昔から、黒犬の血は何とかいう病《やまい》に効くてえことを申します。生きながらにして血をしぼり、病人に飲ませるためにお買い取りになろうってんじゃございませんか。それならば、手塩にかけて育てた犬っころでございますから、あまりにも不憫《ふびん》。このお話はご破算に願います』」

その言葉に驚いた相手は『自分は鴻池が東京に開いた出店の者で、黒犬を探す理由は本家の坊やの愛犬が死んでしまい、代わりに飼うためだ』と明かす。

「『ご当家の黒犬は喉のところに月の輪の差し毛がございます。それで頂戴に上がりました訳でして、決して生き血を取るなんてことはいたしません。大坂《おおざか》の鴻池へ送りまして、坊ちゃんの友達にさせますが……いかがでございます？　ご承引《しょういん》いただけましょうか』

『ははあ、そうでしたか。わかりました。願ってもないこって……どうです？　あと二匹いますがねえ、こっちは一円ずつでようござんすよ』

『いいえ。そう何匹も犬はいりません』」

さすが天下の豪商・鴻池家の威光はすさまじい。事情を知った店の主の豹変ぶりに、客席が沸いたが、優子は笑えなかった。可愛がっていた犬を突然奪われる小僧の悲しみが、胸に迫ってきたからだ。

「この犬が鴻池様の坊ちゃんの相手をしていると、食べ物もいいんでしょうが、大変に大きくなった。黒い毛なんざ、もうつやつやしていて、鴻池のクロと聞くってえと、みんな尻尾を巻いて、どっかへ行っちまう。

このクロが日当たりのいい門の前で、寝そべっておりますと、

『おやおや。向こうから見慣れねえ犬が来やがった。この近所の者《もん》じゃねえぞ。恐ろしく汚れたねずみ色の犬だ。ウー……ワンワン！』

『ワンワンワンワンワンワン』

『ウー……ワンワン』

『ワンワンワンワン』

『ウー、ワン』

てんで、これが犬語《けんご》でございます」

そう言うと、場内はまた大ウケ。今度は、優子も安心して笑った。

「このまま何時間やったって、おわかりにならないでしょうから、翻訳をいたしますと、

『見慣れねえな。手前《てめえ》、どこの犬だ』

『ちょいと伺いますが、この大坂に鴻池というお宅がございましょうか』

『鴻池は俺んとこだよ』

『そりゃあ、よかった。こちらにクロという犬がおいでになりますか』

『クロは俺だ』

『えっ？　あなたがクロ……兄さん、お懐かしゅうございます』」

3

「わざわざ届けてもらって、本当にありがとう。あそこの店の塩辛は天下一品なんだよ」

新聞紙でくるんだ瓶を手にして、正蔵師匠がにっこりした。中入り後、しばらくしてから楽屋を訪ねたので、すでに私服に着替えている。二人は広い方の楽屋でテーブルを挟み、向かい合っていた。

「うれしいねえ。あたしの好物をちゃんと覚えていてくれたなんて」

昨日、勤務を終えてから、優子は日本橋馬喰町で伯父が経営する店を訪ね、寿司をご馳

走になった。その時に『明日は休みなので、正蔵師匠が出演中の寄席へ行く』と言ったところ、『だったら、これを』とイカの塩辛を手渡されたのだ。

　ただ飯ならぬただ寿司の義理があるので、断れない。今日、平林は仕事なので、仕方なく、たった一人で楽屋を訪ねたというわけだ。

　ちなみに、先日の訪問の際、事情を聞いたが、平林が以前、プロの落語家だったという情報はガセだった。正蔵師匠に入門を許可されたのは事実だが、実際に修業するまでには至らなかったらしい。

「桜寿司さんにもご無沙汰しちゃったけど、あの大将、いくつになんなすったかねえ」

「ええと……そうだ。去年、還暦のお祝いがありました」

「もう、そんなかい。まだ四十代《しじゅうだい》だと思ってたよ。こっちが年を取るのも無理ないなあ」

　だが、そう言ったご当人も、今年八十四歳にはとても見えない。平林から年齢を聞かされ、びっくりしてしまった。

「あのう、今日の『大どこの犬』、初めてのお噺でしたが、とても楽しく伺いました」

「東京ではあまり高座にかける人がなくて、以前には岩崎《いわさき》家で演った例もあるけど、あたしは鴻池の出店にしたんですよ。兄弟犬がはるばる上方まで旅する方が面白いと思ってね」

岩崎弥太郎《やたろう》は三菱《みつびし》財閥の創業者。財力では引けを取らないが、やはり落語には鴻池家の方がふさわしい気がした。

「ただ、この噺はサゲがわかりにくくてねえ。まあ、それが欠点だな」

「サゲ……オチのことですね。申し訳ありません。実は私も意味がわかりませんでした」

『大どこの犬』のラストは以下の通り。残された二匹のうち、ブチは亡くなってしまい、シロがやせ衰えた姿で大阪にたどり着く。自分の弟だと知った鴻池のクロは驚き、今後面倒をみることを約束する。

そんな時、『クーロ、クロクロクロ』と声がかかる。走っていったクロは鯛の焼いたのをくわえて戻り、シロに与える。続いて、また呼ばれ、カステラをくわえてくる。

さらに『クーロ、クロクロクロ』という声が聞こえたので、喜んで駆け出すと、今度は土産もなしにしおしおと帰ってきて、

『兄さん、何をもらいました？』

『いや、坊っちゃんがおしっこするところ』

「無理もないよ。上方では子供に小便をさせる時、『シーコイコイ』とか『クーロクロクロ』と言ったそうで、それを聞いた犬が勘違いしたってんだが、東京じゃ、そんなこと、誰も知らないもの」

高座の再開を告げる太鼓が鳴り出す。頼まれた用も済んだし、そろそろお暇《いとま》をと思ったのだが、前座さんがお茶を運んできてくれたので、すぐには立てなくなってしまった。

「あのう、これは本来であれば、平林から師匠へお伝えすべきことなのですが……」

何か話題はないかと考えているうちに、報告事項があるのを思い出した。

「昨日、立川《たちかわ》警察署から蜘蛛舞の文吉を逮捕したという連絡がありました」

「そうだってねえ。御用になったきっかけは、駅の構内で行き倒れたせいなんだろう」

「え……あの、ご存じでしたか」

「今朝、平林さんが電話をくれたよ。名うての盗人だと聞いたが、さすがに年には勝てない。麒麟《きりん》も老いては駑馬《どば》に劣る。あたしも気をつけなくちゃいけないなあ」

名代の大泥棒・猪狩文吉は、昨日午前十時頃、立川駅の中央線ホームで突然昏倒《こんとう》し、駅員の手で保護された。その際、鉄道警察隊立川分駐所の巡査に顔を見られ、指名手配犯であることが確認されたのだ。

昏睡状態に陥った原因はインフルエンザ。高齢者の場合、発熱を伴わないケースがあり、文吉自身、感染にまったく気づいていなかった。

「昨夜《ゆんべ》、平林さん自ら文吉に面会したら、三年前の芸者新道、今月一日の見番横町と、二件の犯行を白状したそうだ。古なじみの顔を見て、観念したんだろうね。本格的な取り調べはこれからだけど、カメラの箱だけ盗って逃げ出したいきさつも、おおむねあたしの想像通りだったらしいよ」

「そうだったのですか。私は今日、平林に会っていないので、それは知りませんでした」

報告が極めて迅速なのは、彼がいかに師匠を信頼しているかという証しだろう。

「平林さんの話を聞いて思ったんだけど、文吉って男はいいところもあって、初めて会った後輩の盗人に金を渡したのも、身の上に同情して、できることなら足を洗わせたいと思ったからだそうだよ」

「ああ、なるほど。では、酔った弾みとかではなく、何とか改心させてやりたいと思ったからなんですね」

「そういうことだ。あと、別な話で……これは、あまり大きな声では言えないんだがね」

正蔵師匠が声を潜める。ちょうど今、メインの楽屋にいるのは二人だけ。前座さんの姿もない。隣の部屋には漫才コンビがいて、何やら段取りの相談をしていた。

「鰕三さんの件、うちの会の会長にだけは話を通しておいた。もちろん本人も同席させてね。『今後も金貸しを続けるのなら、協会から除名する』と言われ、震え上がってたよ」

「ありがとうございます。あと、菊原蝶二さんには、師匠からのご指示通りに、うちの平林が話をしたそうです」

「うん。その件についても、今朝聞いた。やつは元来、小心者だからねえ」

よほど痛快な報告だったらしく、師匠が白い歯を見せる。

「四六のガマじゃねえけれど、手前《てめえ》の悪行を眼の前に突きつけられ、たらたらと脂汗《あぶらあせ》を流す有様だったそうで……」

途中で会話がとぎれたのは、新たな人物が楽屋に入ってきたからだ。真っ赤なセーターを着て、その上にカナディアンコートを羽織っている。どこかで顔を見た覚えがあるので、芸人さんだろうが、服装がずいぶん派手だ。

年齢は三十代後半くらい。えらの張った輪郭にぎょろりとした眼、太い眉。左頬に大きなほくろがあった。

「どうも、師匠。お疲れ様でございます」

その人物は正蔵師匠の前に両手をつき、丁寧にお辞儀をする。

「はい。ご苦労様。ああ、ちょうどいい機会だな。神楽坂署の刑事さんで、三崎優子さんだよ」

「ええっ？　こちらが……こりゃ、驚いた」

正蔵師匠からそう紹介された彼は大きな眼をさらに見開くと、

「へえ。世の中、変われば変わるもんだ。こんなトテシャンが刑事《デカ》だとはねえ」

4

「トテ、シャン……？　あのう、すみません。それ、どういう意味ですか」

耳慣れない言葉だったので、質問すると、正蔵師匠がそれを受けて、

「古い言葉だから、あなたが知らないのも無理はない。旧制高校の学生語が発祥で、『とてもシャン』を詰めてトテシャン。『シャン』はドイツ語で『美しい』。早い話が『別嬪だ』とほめたわけだね」

「ベッピン？　まさか、そんな……今まで誰にも言われたことありません」

正蔵師匠からの紹介によると、派手な服装のこの人物は山桜亭馬八師匠。今、売り出し中の若手落語家で、演芸番組などにも頻繁に出演しているという。

「ああ、なるほど。私もテレビでお顔は拝見していました」

「馬八の師匠は三年前に亡くなってね、それからこっち、あたしんとこに身内同様の形で出入りしてるんだ」

「そうでしたか。それにしても……正蔵師匠は本当に博識ですねえ。ドイツ語までご存じだとは」

「いやいや。師匠だって、神ならぬ身ですから、弱点てえやつはありますよ」

　意外なことに、馬八師匠が笑いながら首を横に振った。

「もちろん博識なのは誰しもが認めるところですが、からきしだめなのがスポーツ全般。この間、あたしが伺ったら、テレビでバスケットボールの試合を中継してて、師匠がそれをじっと見てるんですよ。

　珍しいなと思って、しばらく声をかけないでいたら、何かしきりにぶつぶつ独り言を言ってる。耳を澄まして聞いてみると、『あれだけ周りに人がいるんだから、誰か教えてやるがいいじゃねえか。網の底が抜けてるのを』って」

「ええっ……　ほ、本当なんですか、それ」

　ぱっと正蔵師匠の方を向くと、少しばつが悪そうに笑い、

「この人の言うことは話半分に聞いといてください。まあ、ハイカラなスポーツに暗いってのは事実ですが、あたしも野球は嫌いじゃないし、ことに甲子園大会の時期になると、毎年熱中しますよ。若人《わこうど》の一生懸命な姿を見るだけで、胸がいっぱいになっちゃって」

「ああ、はい。私も高校野球は大好きです」

「今年は箕島《みのしま》が春夏を連覇したけど、あたしは浪商《なみしょう》が贔屓だったんだ。夏は準決勝で負けちゃったけど、例の香川《かがわ》てえ選手はなかなか――」

「どうもぉ！　皆様方、ご機嫌よろしゅうございます。まことに恐縮ですが、おじゃまさせていただきます」

突然、楽屋の入口付近で場違いな大声。それを聞いた馬八師匠がぐっと眉をひそめたのを、優子は見逃さなかった。

やがて、姿を現したその声の主《ぬし》を見て、ぎょっとする。

（えっ？　この人、何なの。とんでもなく太ってるけど……）

最初に頭に浮かんだのは、絵などで見たことがある布袋《ほてい》様だった。背は低いのに横幅が異様にあり、太鼓腹で短足。両頰がせり出しているため、顔の輪郭はほぼ三角形で、細い眼と団子っ鼻、大きな口。ただし、坊主頭ではなく、やや薄くなった髪を一九分けにしていた。

服装はタートルネックの白セーターに茶色い上着、黒の吊りズボン。グレーのコートを小脇に抱え、ビジネスバッグを提げていた。年齢不詳ではあるが、たぶん五十代だろう。

「おや？　これはこれは、稲荷町のお師匠様」

楽屋に入ってきたその人物は満面に愛想笑いを浮かべながら、ペコペコお辞儀をして、

「ご無沙汰をいたしまして、まことに面目次第もございません。ますますご健勝の由《よし》を伺い、陰ながら喜んでおりました。それと……ああ、何だ。馬八もいたのか」

二人に挨拶する様子を見て、優子はけげんに思った。

（いくら何でも、扱いに差がありすぎるなあ。売れっ子落語家を呼び捨てにするなんて……一体、どういう人なんだろう）

「河《こう》野《の》さんかい。久しぶりだったねえ。元気そうで何よりだ」

正蔵師匠は笑顔で応じたが、馬八師匠はうつむいたまま軽く会釈を返したのみだ。

「店は相変わらず隆盛なんだろう。この頃は年のせいで足が弱くなっちまったから、こうして近くまで来ていながら、覗いてもみなかったけど」

「いえいえ。滅相もないことで。池袋の支店ならともかく、本店はもう小汚なくて、とても師匠のような方をお招きできる場所ではございません」

大げさに首を振った河野さんは、そこから唐突ににんまりと笑い、

「てなことを申していたのは、ついこの間まででしてね。今は違います。こいつをご覧に入れたいのですが……」

畳の上に正座すると、バッグを手元に引き寄せ、中を探り始める。

立つ潮を失った優子は困り果てていたが、それを見兼ねたらしく、馬八師匠が口を開く。

「こちらは河野一郎《いちろう》太《た》さんといって、あたしの兄弟子にあたるんですが、噺家の方は二十年近く前に廃業して、今は小《お》栗《ぐり》通りで『えびすや』という名前の居酒屋を経営しておりま

す」

「居酒屋さんを……なるほど。そういうご事情だったのですか」

小栗通りは署の管内だが、中心繁華街からは外れているので、聞いた店名にも覚えがなかった。

「……あったあった。これだ。私《わたくし》、この度、自宅兼本店を新築いたしました。皆様、よろしくご贔屓、お引き立てのほどを、隅から隅までずずいーっとぉ」

歌舞伎の口上もどきの台詞とともに、チラシが差し出される。まさか拒否するわけにもいかず、優子もそれを受け取った。

一番上に大きく『昭和五十五年一月四日新装開店』。二段めは赤い字で、十一日まで開店記念につき飲食代半額大サービス』。その下に店のカラー写真と地図、連絡先が印刷されていた。

「ええっ？　あ、兄《あに》さん、これ……一体、どうしちまったんですか」

視線を落とした馬八師匠が驚きの声を上げる。

「何をそんなに……あっ、そういえば違いますね、お店の名前が」

さっきは『えびすや』と聞いたのに、チラシでは『ほていや』になっている。同じ七福神の仲間でも、恵比須と布袋では大違いだ。

てっきりその件だと思ったのだが、馬八師匠は優子の方を向くと、

「いえ、びっくりした理由は店名じゃないんですよ。ほら、その写真」

「えっ、そうなんですか。でも、お店の写真が、何か……」

改めて、店舗を撮影した写真を見直してみる。新築だから当然きれいだが、驚くほど立派だとも思えない。居酒屋としては、ごく普通の規模だろう。

いかにも日本料理を出す店らしく、正面は板壁で、入口の引き違い戸も窓も建具はすべて木製。紺地に白く『ほていや』と染め抜いた暖簾。そして、入口の左脇には開店へ向けた縁起物として、黒い木の台の上に菰被《こもかぶ》りの四斗樽《しとだる》が三つ積まれている。二階建てだが、さっき『自宅兼』と言っていたので、おそらく二階が住居スペースなのだろう。

(でも、これ、別に不可解な点はないみたいだけど……)

しきりに考え込んでいると、正蔵師匠が小声で「犬だよ、犬」と教えてくれた。

「はい？　だって、犬なんてどこにも……あっ、すみません！　ちゃんといました」

菰被りの樽を載せた木の台の下に、一匹の犬が寝そべっていた。両方とも色が黒いので、つい見逃してしまったのだ。

(これは……柴犬だな。柴の子犬。しかも、クロ子とは違って、雑種じゃないらしい)

純血か、それに近い黒柴は両眼の上に『まろ』あるいは『四つ目』と呼ばれる赤褐色の

斑点がある。写真には、それがはっきりと写っていた。

「へえ。お前さんが犬を飼うとはねえ。変われば変わるもんだ」

正蔵師匠のその言葉を聞いて、優子にもやっと事情が呑み込めた。以前の河野さんは有名な犬嫌いだったらしい。

「いやあ、いざ飼ってみればかわいいもんですねえ。ちょうど今、生後半年なんです。見たそのまんまで、『クロ』って名づけました」

「おやおや。こいつはいよいよ『大どこの犬』だ」

正蔵師匠は苦笑したが、『チビ』『シロ』『クロ』『ポチ』なんて名前の犬は、世間に掃いて捨てるほどいる。クロ子も、そして、稲荷町の長屋にいる猫の黒兵衛も、まあ、その類いだ。

「なるほど。あの噺もそうでしたね。私は毎晩遅くまで支店にいるので、出がけに家の中へ入れ、玄関の土間につないでおくんですが、夜中に戻ってきて戸を開けると、大喜びでじゃれついてきますよ。本当に子供と同じで……それはそうと、こちらのトテシャンはどなたですか」

また『トテシャン』と言われた。もしかすると、芸人さんの間の流行語だろうか。

「お前さんも知ってるだろう。神楽坂署の平林さん。この方は彼と同じ課なのさ」

「えっ、平林さんと同じ課？　だったら、女刑事……さんなんですか」

目を丸くした河野さんは、次の瞬間、満面に喜色をたたえると、

「いやあ、そいつは好都合だ。地元で商売をしていく上で、警察関係の知り合いは一人でも多い方がいい。近々、こちらからご挨拶に出向くつもりだったんですよ。平林さんは私の親友ですしね。

今回の新装開店に際しましては板一枚、建具一つまで充分に吟味し、金に糸目はつけず、理想の店を完成させましたから、ぜひとも成功させなくてはなりません。本店の屋号を、私の見た目そのままで『ほていや』としたのも決意の表れです。池袋の店はおなじみ様もいるので、すぐには変えませんがね」

そこで、河野さんは優子の方を向き、拝むような仕種をして、

「神楽坂署員の皆様は特に大歓迎、特別出血大サービスさせていただきますから……あっ！　じゃあ、とりあえずチラシを十枚ばかり差し上げます。それではどちら様もお騒がせいたしました。今後とも末永く、どうかよろしくお願い申し上げ奉ります」

畳に額をすりつけると、河野さんはテーブルの上にも大量のチラシを置き、ドタドタと大きな足音を立て、楽屋から出ていってしまった。

「……台風一過というのは、まさにこのことだねえ」

しみじみとした口調で、正蔵師匠が言った。

「あれで、うちの惣領だったんですから、山桜亭一門が盛《さか》るわけがありません。あたしはたった二年のつき合いでしたから我慢できましたが、あの人のせいで辞めた弟子が何人もいるそうですよ」

馬八師匠の説明によると、河野一郎太さんの芸名は馬一《うまいち》といい、三年前に亡くなった五代目山桜亭馬春師匠の一番弟子で、二つ目に昇進後、廃業したのだそうだ。

「早い話、うちの師匠の逆鱗《げきりん》に触れて破門を言い渡されたわけですけどね。その原因が、師匠宅の飼い犬を虐待したってんですから、シャレになりません」

「虐待……つまり、それくらい嫌いだったのですね」

「うちの一門の恥になりますから、その件について詳しくはお話しいたしませんが、あの兄さんの犬嫌いは尋常じゃありません。ガキの時分に野良犬に嚙まれ、大けがをしたてえ話は聞きましたが、それにしても、噺の中身まで変えちまうんだからびっくりですよ。『イヌサイ』を高座にかけた後輩を叱って、『ネコサイ』を演れと強要する。それくらいならまだわかりますが、『元犬』を自分勝手に改作して『元猫』なんて噺をでっち上げた時には、さすがに呆れました。『全身が真っ白い毛の猫は人間に一番近い』なんて、高座でデタラメを言うんですからねえ」

「『元犬』は知っていますが……『イヌサイ』って、どんな噺ですか」

「ああ、すみません。楽屋内では、面倒だから詰めちまうんですよ。『鰻《うなぎ》の幇間《たいこ》』を『ウナタイ』とかね。だから、『犬の災難』が『犬災』で、『猫の災難』が『猫災』」

「ええと、『犬の災難』はもちろん、『猫の災難』も聞いたことがありません」

本当は『読んだことはありません』なのだが、つい見栄を張ってしまった。

「そうですか。だったら、次の次があたしの出番だから、お聞かせしますよ。馬一兄さんに無理やり稽古させられて、今でもたまに、高座にかけてるんです」

「本当ですか。何だか申し訳ありません。お気遣いいただき、ありがとうございます」

「まあ、昔の兄弟子の欠点ばかりを言い募ったようですが、芸は決してまずくなかったんですよ。とても正統派とは呼べませんが、愛嬌たっぷりで、古典だと『お七《しち》』、新作なら『ラブレター』なんて噺が十八番でした」

新作落語は皆目わからないが、『お七』は下巻に収録されているので知っていた。縁起担ぎの男に女の子ができ、お初《はつ》と名づけたところ、意地悪な友達がやってきて、『大きくなったら徳兵衛《とくべえ》という名の男と心中する』と、有名な『曽根崎《そねざき》心中』になぞらえ、嫌がらせを言う。悔しいので、翌月、その友達の家に女の子が生まれ、お七と命名したと聞いて仕返しに行くのだが、もたもたしているうちに『〈八百屋お七のように火あぶりになる〉

と言いたいんだろう。火をつけたら、どうする?』と反撃され、逆にやり込められるという噺だ。

拍手の音とともに出囃子が聞こえ、馬八師匠が「そろそろ着替えねえとな」と言い、立ち上がる。

一方の正蔵師匠は手に持ったチラシを眺めながら、小首を傾げ、

「『鴻池のクロ』ならぬ『河野のクロ』かい。不思議だねえ。三年ばかり前に女房子《にょうぼこ》が家を出ちまって、寂しがってるてえ話は聞いたがなあ。父子鷹《おやこだか》を気取ってた男だから、女房はともかく、息子と離れ離れになったのはこたえたはずだが……だからといって、急に犬好きに変わったりするものかねえ」

5

「『犬の災難』を聞いた?　で、演ったのは……馬八師匠か。じゃあ、たぶん古今亭《ここんてい》から教わったんだな」

食べ終わったラーメンの丼の縁に割り箸を載せながら、平林が言った。場所はいつもの応接兼休憩スペース。翌日の土曜、午後零時半を少し過ぎている。

「古今亭って……誰ですか。もしかして、志《し》ん朝《ちょう》師匠？」

「いや、その親父だな。五代目志《し》ん生《しょう》師匠といって、六年前に亡くなっている」

説明によると、落語界の大御所を亭号または家号のみで呼ぶという慣例があり、『林家』と言えば、無条件で正蔵師匠を指すのだそうだ。

「古今亭は融通《ゆうずう》無碍《むげ》な芸風で、しかも犬好きだったから、古典落語の『猫の災難』を犬に変えて演った。つまり、改作だね。筋はほとんど同じで、猫が鯛を盗んだと嘘をついて、酒を飲むのが本来なんだ」

「なるほど。犬に魚ではピンと来ないから、鶏にしたというわけですね」

この時、優子は微かな違和感を覚えた。受け答えは普段通りだが、大好きな落語の話題なのに、何となく平林の表情が冴えない。髪も手入れが行き届かないらしく、あちこちでうねっていた。

（仕事が忙しくて、お疲れのようだから、雑談は適当なところで切り上げないといけないなあ）

「あと、『元犬』を改作した『元猫』という噺もあるそうですね」

「モトネコだ？　ばかばかしい。そんなもの、あるわけないじゃないか」

「でも、確かに……山桜亭馬一という元落語家をご存じありませんか」

「……ああ。亡くなった馬春師匠が破門した二つ目か。風貌が布袋和尚そっくりの」

それを聞いて、優子は吹き出しそうになった。やはり、誰しも考えることは同じらしい。

「言われて、思い出したよ。幸か不幸か、俺は一度も聞く機会がなかったが、『元犬』を猫で演って仲間内で呆れられたそうだ。あいつは本名を河野一郎太といってね、今は居酒屋の親父。本店はこの近くだが、池袋にも支店がある」

「あ、はい。平林主任とは親友だとおっしゃっていました」

「誰がそんな寝言を……えっ？　ひょっとして、本人に会ったのか」

「はい。昨日、寄席の楽屋で。そうそう。これを預かってきました」

クリアファイルからチラシを取り出して渡すと、平林はすぐに問題の異変に気づき、

「おい！　新装開店は結構だが、菰っ被りの下にいる黒犬は何なんだ。まさか、馬一が飼ってるわけないよな」

「実は、そのまさかなんです。宗旨替えをされたみたいで」

「……へえ。昔は『犬の噺を聞いただけで身の毛がよだつ』なんて言ってた男がなあ。噺家を辞めるはめになったのも、犬嫌いのせいだし」

「それで、師匠から破門されたんだそうですね。昨日は詳しい事情までは伺いませんでしたが」

「事情も何も……正月、ぐでんぐでんに酔っ払って馬春師匠の家に顔出ししたら、飼い犬のスピッツが吠えかかってきた。犬にもちゃんと伝わるらしくて、やつは嫌われてたんだ。で、腹立ち紛れに、そばにあった棒で殴りつけたら、力加減を間違え、呆気《あっけ》なくご臨終」

「ええっ？　死んじゃったんですか。かわいそうに」

「スピッツはもちろん気の毒だが、馬一の方も悲惨だったよ。愛犬の死に激怒した馬春師匠が即刻破門を宣告して、松も取れないうちに廃業届を出すはめになった」

「ああ。それで……ほかの師匠の門下へは移れなかったのですか」

「制度上、不可能ではないが、その場合、元の師匠の許しをもらう必要があるんだよ。勝手に移籍できるのなら、誰も師匠の言うことなんて聞きゃしない。ただ、理由が理由だったから、馬春師匠は許可を出さず、一番弟子を落語界から追放してしまった」

　そんな経緯を知っていれば、店の前に寝そべる黒柴を見て驚くのは当然だ。

「だから、一時、やつは落ちるところまで落ちたんだ。十九で入門して前座を四年、二つ目になって四年。あと二、三年辛抱すれば真を打てたのに、犬嫌いのせいで棒を振り回し、何もかも棒に振っちまった。だけど、それから十八年経って、今や一国一城の主だ。経営状態がどうかまでは知らないが、まあ、やつの場合は廃業して正解だったんだろうな」

「待ってください。ということは、十九＋四＋四＋十八……四十五。ええっ？　そんなに若かったんですか。ご本人が親友だと言ってたし、主任と同い年くらいかと思ってました」

「二人とも老けて見られるらしいから、比べるのはやめてくれよ。それはそうと、師匠から破門された時、女房の腹の中に子供がいてな、その翌年生まれて、今は高校生。この嫁さんが偉かったんだぞ。失意のどん底の亭主を励まし、乳飲み子を抱えて屋台のおでん屋を始めた。それが飲食業で成功したきっかけだから、店の名義は河野一郎太かもしれないが、最大の功労者は嫁さんだな」

「あのう、とても感動的なお話ですが、正蔵師匠によると、その奥様やお子様とは現在、別居中のようで……」

「そう聞いたが、詳しい事情は知らない。親友だなんて、もちろん嘘八百で、最近はほとんどつき合いがなかったんだ。もともと女癖が悪かったが、それが別居の原因だとは限らないな。やつはギャンブルも嫌いじゃないし……あるいは、女房の方に何か事情があった可能性もある」

「すみませんが、あと、もう一つだけ。正蔵師匠が不思議なことをおっしゃっていました。たしか、『父子鷹』だとか」

「ああ。それ、結構有名な話だよ。部外者である俺の耳にも入ったくらいだから」

平林は薄く笑うと、背もたれに体を預け、腕組みをして、

「お前さん、子母澤寛《しもざわかん》の『父子鷹』という小説を知ってるか」

「あ、はい。読んだことはありませんが、ドラマか何かで……勝麟太郎《かつりんたろう》、のちの海舟《かいしゅう》とお父さんの物語ですよね」

「うん。あれに触発されたわけでもないんだろうが、居酒屋で成功したあと、河野は一粒種のせがれには店を継がせず、噺家にすると言い出したんだ」

「つまり、息子さんに自分の夢を託したわけですか」

「その通り。猫っ可愛がりして、三つ四つの時分から『寿限無《じゅげむ》、寿限無』とか『自らことの姓名は』とか唱えさせていたらしい。子供というのは吸収力がすごいから、たちまち覚えて、人前で演るようになった。宴会とか祭りの余興とかでな。

筋がよさそうなので、高校を卒業したらプロにしようというので、入門先として選んだのが馬八師匠。だから、彼、ぼやいていたぜ。相手が元兄弟子では嫌と言いづらいだろう。せがれを弟子に取ると強引に約束させられてしまった」

「なるほど。そういえば、昨日、馬八師匠は何となく河野さんとの会話を避けている様子でした」

「まあ、別居しているくらいだから、いまさら息子が親父の言いなりになるとは思えないけどね。それにしても、馬一が犬を飼うとは……」

腕を解いた平林はテーブルの上のチラシを再び取り上げ、しばらく見入っていたが、ふと顔をしかめ、こうつぶやいた。

「黒柴……黒犬か。こっちは赤犬で苦労させられてるけどな」

6

「……赤犬？　ええと、それ、普通の柴のことですか」

黒柴は柴犬全体のせいぜい二割程度で、残りは赤褐色の体毛をもっている。

「何を呑気《のんき》なことを言ってるんだい。俺たち一係が扱う方だよ。仕事の話だ」

「あっ！　そっちですか。お気楽なことを言ってしまい、申し訳ありませんでした」

優子は思わず立ち上がって、お辞儀をした。『アカイヌ』は捜査上の隠語で、放火または放火犯のこと。語源は炎の色とされ、中には『アカウマ』などと言う者もいた。

「そんなに恐縮しなくていいよ。まあ、座れ。ただ、今回はかなり厄介な相手でなあ」

深くソファに体を沈め、また腕を組む。深く思い悩んでいる様子が伝わってきた。

（……はあ。だから、好きな話題にも食いつきが悪かったのか）

もちろん、優子も事件の概要は知っている。十一月上旬から新宿区内で放火とみられる不審火が四件連続して起きた。

まず最初は国鉄信濃町《しなのまち》駅の北側で、十一月五日月曜日の未明……発生の時刻はすべて午前二時か三時頃だが、正確には覚えていない。この時は郵便ポストのみの被害だったが、それから八日後の火曜日、大久保《おおくぼ》二丁目の火災では住宅の門と板塀が焼けた。

最初の二件は四谷《よつや》署と新宿署の管轄だったが、月が変わって十二月三日月曜日、今度は神楽坂署管内で事件が起きた。

アカイヌが出没したのは市谷《いちがや》台町《だいまち》。来春開業予定の地下鉄新宿線 曙橋《あけぼのばし》駅の近くで、工務店の木造倉庫が全焼した。そして、十一日火曜日、四件めの場所は早稲田《わせだ》鶴巻町《つるまきちょう》で、大学キャンパスから東へ三百メートルほどの位置。この時は自転車店の店舗兼自宅がほぼ全焼した。

これらはすべて半径約三キロの円内で起きており、また手口なども考慮に入れて、同一犯の仕業とみられたが、放火には便乗犯がつきものなので、断定するのは難しかった。

「死傷者が出ていないのが救いですけど、次第に犯行がエスカレートしていますから、一日も早く犯人が逮捕されればいいと思っていました」

刑法上の扱いも、一・二件めが建造物以外放火罪であるのに対し、三件めは非現住建造物等放火罪、四件めは現住建造物等放火罪。もちろん、現住建造物等放火罪が最も重く、

『死刑または無期もしくは五年以上の懲役』と定められている。

　特に最後の犯行の場合、住人の老夫婦はその晩、たまたま埼玉県内にある長男の自宅に宿泊していて難を逃れたが、もし自宅で過ごしていれば焼死の危険性があった。万一、そういう事態になれば、罪名に殺人が加わるのは言うまでもない。

「アカイヌにのめり込むホシの典型を見せられている気がするよ。どんどん大胆になってきてるものな」

　平林が組んでいた手を解き、右手の拳で額を叩く。考えあぐねている時の彼の癖だ。

「その上、手口まで巧妙になって、最初《はな》は灯油を染み込ませた布に火をつけ、ポストへ投げ込んでいたのに、三件め以降は時限発火装置を使うようになった」

「そうですね。特に三件めの時は、風の強い晩だったせいもあって、一歩間違えば大惨事になるところでした。本当に悪質です」

　時限発火装置といっても仕掛けは単純だ。段ボール箱の底に灯油などを浸した紙や布などを入れた袋を置き、その上にローソクを立てただけのもの。どこか適当な箇所に通気口を設け、蓋を閉めれば風も防げる。

　使用する目的はもちろんアリバイ作りだが、欠点は出火時の状況を事前に察知できないこと。折悪しく突風などに見舞われれば、ちょっとしたいたずらのつもりで、大火を招く恐れがある。

「アカイヌの捜査で厄介なのは動機がわかりにくい点だ。中には怨恨もあるが、鬱憤晴《うっぷんば》らし、あるいは快楽追求なんて場合もあって、現場周辺で聞き込みをしても、耳寄りな情報がなかなか得られない」

平林が挙げた動機のうち、『怨恨』は特定の人物や企業に対する仕返し、『鬱憤晴らし』は家庭や社会に対する不満の発散、そして『快楽追求』は行為自体がもたらす興奮や快感を追い求めるというものだ。このほかにも、金銭的欲求、他の犯罪を隠蔽《いんぺい》するための放火などがある。

「本当にお疲れ様です。一係の皆さんのご苦労はよく承知していますが……ちょっと伺ってもよろしいですか」

自分の担当外の仕事に興味本意で首を突っ込むのは控えるべきだが、つい悪い癖できたくなってしまう。

「もし支障がある場合にはお答えいただかなくても結構です。主任、思い悩んでいるご様子ですが、例の事件に関して、何か動きがありましたか」

「いや、別に話してもかまわないが……そんなに、顔に出てたか。俺もそろそろ焼きが回ったかなあ」

そう自嘲した平林は、すぐに真顔になって、

「昨日から今日にかけて、新たな動きが二点あった。一点めは、今月三日の火災の際のガスクロマトグラフの結果で、以前とは別の見解が示されたんだ」

「ガスクロマトグラフ？　ああ。原調《げんちょう》で使用されるようになった最新の検査機器ですね」

火災の原因調査、いわゆる『原調』は警察と消防の手によって行われるが、ここ数年で、その精度が飛躍的に向上した。その理由はガスクロマトグラフの導入。これは火災現場で採取した燃焼残渣《ざんさ》、つまり燃えかすの中の成分を分離する装置で、この機器の活用により、燃料の種類まで特定できるようになった。

例えば、今月三日の工務店の木造倉庫の火災で出火場所と見られたのは、倉庫脇の路地の一角に大量に積まれていた段ボールだったが、そこの燃えかすからロウの成分が検出されたため、時限発火装置の使用が確認できたのだ。

「昨日連絡があって、あの時の時限発火装置に使われた燃料が何かわかったんだ」

「たしか、灯油の成分は検出されなかったんですよね」

「うん。ただ、担当者がその後いろいろと調査を続けてくれて、どうやらシンナーらしいということに落ち着いた」

「シンナー……？　ええと、それ、珍しくないですか」

「皆無ではないが、ごくまれだな。シンナーにも燃焼加速剤としての能力はあるが、取り扱いを間違えれば犯人自身の身に危険が及ぶし、そもそも燃料だと認識されてないせいか、放火に使用された例がほとんどない。

また、灯油よりも沸点が低いのでほとんどの成分が蒸発してしまい、検出が難しいんだ。ただ、シンナーにもいろいろ種類があって、今回は網の目に引っかかりやすいタイプだったんだそうだ」

「なるほど。では、もしかすると、今回のホシは化学《ばけがく》の専門家で、わざとシンナーを選んだ。そんな見方もできますよね」

「確かに可能だ。ただし、別に専門家でなくても、高校で習う程度の知識があればいいけどな。それと、もう一つ。こいつは現時点では内密にしておいてほしいんだが……」

平林は辺りをはばかるような仕種をして、やや声を潜め、

「実は、おかしな封書が届いたんだよ、今朝」

「封書？　まさか、犯人からじゃないですよね」

「いや、その可能性が高い。なぜなら、手紙……と呼べるかどうかは疑問だが、入っていた文書にシンナーの使用が明記されているんだ。まさか偶然の一致とも思えない」

「えっ？　じゃあ、つまり、犯行声明書ということですか」

まさに驚愕の展開で、そんなことがあったのでは、ベテラン刑事でも頭を悩ませるのは当然だ。

「いや、犯行声明書とは少し違うかも……もしその気があるなら、読んでみるか。コピーを持ってくるぞ」

「私がですか。いや、それは、ちょっと……」

この提案に飛びつくわけにはいかない。同じ刑事課の中なので、読んでも問題にはされないだろうが、三係内の上司・先輩からの視線がある。軽率な行動は慎むべきだ。

「せっかくですが、辞退します。内密の資料でなくなったら、喜んで拝見しますけれど」

「……そうか。まあ、大人の判断だな」

そう言って平林が苦笑した時、衝立の向こうで海老名三係長の声がした。

「おうい。三崎君はいないか。電話だぞ。弟さんからだそうだ」

7

（普段が普段だから、まさか断られるとは思わなかった。まあ、あれで、少しずつは成長してるということだろうな）

三崎優子が衝立の向こうに姿を消したあとで、平林はそう考え、独りで苦笑した。

（係も違うのに、妙に懐かれて困っているが……だけど、あいつにはあいつなりのいいところもある。近頃、それがやっとわかってきた）

署内での評判が芳しくなかった理由は、その場に応じた言動が取れない、言い換えれば、空気が読めないせいだった。一緒に仕事をしてみて、平林も確かにそれは感じた。

子供っぽいところがあり、頭に浮かんだことをそのまま口に出すし、予想外の行動に出たりするので、危なっかしくて仕方がない。しかし、そんな性格が長所になる場合もあって、中高生の扱いなどは抜群にうまいそうだ。面と向かっては言えないが、レベルを合わせる必要がないからだろう。

（それに加えて、カメラ並みの性能をもつ記憶力……まあ、常時使用可能ではないらしいけどな。とにかく、貴重な人材であることは間違いない）

事件捜査にカメラの存在は欠かせない。署内にはもちろん撮影の専門家がいて、あらゆる犯罪の現場でシャッターを切りまくる。フィルム代もかかるだろうが、そんな中の一枚が犯人に結びつくケースもあるので、金を惜しんでなどいられないのだ。ちなみに、警察関係で使用されるカメラはペンタックスが多い。

時刻は午後一時十五分。仕事柄、昼休みの時間も曖昧だが、そろそろと思い、平林はソファから腰を上げ、出前の丼を片づけた。

応接スペースを出て、自分のデスクに戻る。ふと三係の方を見ると、すでに電話を終えたらしく、優子は先輩二人と何やら話をしていた。

その様子を見て、平林は不思議な感慨に囚われた。捜査一係の刑事はほぼ例外なくスーツを身につけているが、三係は様子が違い、セーターにジャンパー、ジーンズなんて普通だし、夏場にはＴシャツ一枚で署内を歩く姿も見られる。

その理由は人込みに紛れて捜査する機会が多いためで、例えば掏摸《スリ》の担当者は一日中電車に乗り、現行犯逮捕を狙うことがある。三係ではよく自分たちを泥棒刑事、略して『泥刑』などと卑下するが、強行犯担当の一係とは、確かにいろいろな面で違いがあった。

（俺は泥刑時代が長かったから、むしろそっちの手法に親しみを感じるなあ。今でも捜査中、その場に応じて服装を変えることがあるし……いや、それどころじゃない。例のアカイヌを早く鎖につないでしまわないと）

デスクの引き出しを開け、Ｂ５判の用紙を取り出す。今朝、神楽坂署に届いた封筒と中の文書をコピーしたものだ。

一枚めは封筒の表のコピーで、宛名は『新宿区神楽河岸《かぐらがし》　神楽坂署御中』。住所はごく大ざっぱだし、郵便番号も記されていない。これらの省略は明らかに意図的なもので、文字は一角一角、すべて定規をあてて線が引かれていた。『警察』という文字などは、その手法では書きづらかったのだろう。当然ながら、封筒の裏に差出人の住所・氏名はなかった。

指紋については現在調査中だが、宛名の筆跡を完全に消すほどの注意深さなので、望み薄だとしか思えない。ちなみに、封筒は長形4号と呼ばれる最も一般的なサイズで、色は白。貼られていたのは五十円の普通切手で、どちらも手がかりにはならなかった。

そして、問題の中身についてだが、送られてきたのは手紙ではなく、文書。しかも、そのコピーだった。つまり、平林が現在所持しているのは複写の複写ということになる。『手紙』と呼べない理由は、宛先である神楽坂署員に対するメッセージを欠いているせいだが、それでいて、一連の放火事件の犯行声明書的な意味合いがないこともない。受け取った捜査一係が困惑するのも当然だった。

コピー元は横罫線の引かれたB5の大学ノートで、筆記用具はおそらく鉛筆。こちらは宛名とは違い、定規が使われていなかった。

隙間なくびっしり並んだ右上がりの癖字に、改めて視線を落とす。日付が二日になっているが、おそらく書かれたのは三日月曜日の早朝だろう。

十二月二日（日）

家に帰り、自分の部屋のベッドに潜り込んだが、心臓の動悸がまだ収まらない。あわてていたせいで、玄関の引き戸を開ける時、ひどく大きな音を立ててしまった。母さんに夜中の外出がばれたかと思い、ぎょっとしたが、どうやら気づかれずに済んだようだ。

今日の昼間も、僕の留守を狙って、山田がやってきたはず。きっと大きな体に組み敷かれてもだえ狂い、その疲れのせいで熟睡していたのだろう。

父さんと別居してから、母さんは人が変わってしまった。もし以前のままであれば、僕は放火に手を染めたりしなかったと思う。

だから、初めの頃は警察につかまるのなんて怖くなかったし、早く逮捕してほしいとさえ思っていた。その場合、当然、退学は免れないだろうが、今までだって行きたくて行っていたわけではない。

ところが、犯罪を重ねるうちに、僕の心に変化が生じてきた。最初は先月初め、慶大医学部の近くで雑巾に灯油をかけ、門に備えつけの木製の郵便ポストへ投げ込んだのだが、これが小火《ぼや》に終わってしまい、何の話題にもならなかった。

すると、奇妙な悔しさが込み上げてきて、その一週間後、早大理工学部南側の住宅地でゴミ袋に灯油に浸した紙を詰め込んで火を放ち、今度は門と塀が見事に焼け落ちた。

大学近辺を犯行場所に選んだことに特別な意味はない。ただ、将来受験する可能性のある大学は早めに見ておいたので、その周辺に多少の土地勘があったのは事実だ。

二件めの放火は新聞の地方版の記事になったが、扱いは想像よりも小さく、何だか拍子抜けしてしまった。やはり、塀や門ではつまらない。家一軒が全焼するのをどうしても見たくなったが、そうなると、当然罪も重くなる。逮捕後の行き先が少年院か刑務所かは知らないが、長期間、不自由な生活を送るのは嫌だから、簡単に逮捕されないよう警察の眼をくらます必要が生じ、そこで考案したのが時限発火装置だ。

二重にしたビニール袋に新聞紙を詰め、シンナーを充分に含ませてから厳重に密封する。それを段ボール箱の底に置き、脇にロウソクを立て、通気口を二カ所開ける。

本当は小さな炎が次第に大きくなっていく過程を、すぐ近くで見物したかったが、それは贅沢というものだ。時限発火装置を使えば、火災発生後、野次馬に紛れて現場へ行けるので、怪しまれる心配がない。

選んだ場所の近くには東京女子医科大があるが、これはまったくの偶然で、今まで自分が行ったことのない場所を物色し、事前に下見をしておいたのだ。

さすがに人を焼き殺す気はないので、古い木造倉庫に狙いを定めた。隣が木工所なので、収納されているのは間違いなく木材。だったらよく燃えるはずと考え、あそこを選んだ。

装置を仕掛けたあと、いったん自宅へ戻り、二時間半後、寒い北風が吹く中、懸命にペダルを漕いで再び訪れたのだが、自分の期待通りの光景を目のあたりにして、全身が震えるくらい興奮した。

鳴り響くサイレンの中、最初に目に入ったのは空まで続く巨大な煙の柱で、投光機のライトがそれを照らし出し、まるで竜のようにくねくねと動いていた。僕が火災現

文章が唐突にとぎれた理由はスペースが尽きたせいである。もちろんこの続きがあったはずだが、送られてきたのはこの一枚だけ。平林は両手に持った紙をじっと睨みつけた。

8

（なぜ、こんなものが送られてきたのか。そこが何とも不可解だが……）

デスクの上に紙を置き、平林は微かにうなりながら首を傾げた。

（この文章はアカイヌ自身が書いたものだろう。まあ、百パーセント断定はできないがな）

封書が届いた直後、一係長の川端雅人を中心に会議を開いて検討した時にも、そのように意見が一致した。一、二件めの犯行内容が新聞記事より詳細に述べられていた上、三件めでシンナー使用の記載があったのが決定的だった。容疑者特定の決め手とするため、この事実は報道機関にも伏せられていたのだ。

（もしこの内容の通りだとすれば……ホシは高校生の男子で、すべての現場へ自転車で行ける範囲に自宅があり、しかも、母子二人暮らし。犯人像をそこまで絞ることができる）

文中に『高校』という単語はなかったが、中学生に退学などあり得ないし、『将来受験する可能性のある大学』という表現からみて、現在すでに大学生だとも思えない。『予備校生では』という意見も出たが、やはり退学処分にはなじまない気がした。

移動手段が自転車であることは文章から容易に読み取れるが、これが曲者で、仮に四件の現場から五キロ以内だとしても、東は秋葉原《あきはばら》、西は中野《なかの》という巨大な円が描かれ、捜査の網を被せる範囲としては広すぎる。

会議では、この封書が連続放火犯からの挑戦状だと見る向きが大勢を占めたが、一方で、手記の内容に関して懐疑的な意見も出された。大半がデタラメの可能性があるというのだ。

（これがもしアカイヌの手記だとしても、そのコピーをわざわざ警察署へ郵送したのには何か理由があるはず。もしかしたら、捜査を攪乱《かくらん》するため、嘘八百を並べたのではないか……まあ、確かに一理あるよな）

仮にそうだとすると、本物のアカイヌが中年男で、遠い場所から自家用車で移動している可能性だってあるわけで、家族構成もまったくあてにならない。

しかし、平林は文書の中身は虚偽でないと思っていた。宛名とは対照的に、癖のある筆跡で綴られた手記をそのまま送りつけてきた点から推して、記録者と送り主が別人だと考えたのだ。

そして、その送り主の有力候補は文中にも登場する母親。息子の犯行を自分自身では止めることができないので、思い余って、非常手段に出たのではないか。午前中に行われた会議で、平林はそのように主張し、ある程度の賛同を得たが、捜査方針を動かすまでには至らなかった。

（アカイヌは高校生で、密告者がその母……考えれば考えるほど、そんな気がしてくる）

右手の拳で額のあたりをコンコン叩く。

（そもそも、親でもなければなかなかこんなものを見つけられないし、それに警察へ送る必然性もちゃんとある。この手記によれば、犯罪に手を染めたきっかけは母親の不倫で、その腹癒《はらい》せのために放火したことになっている。母親の側からすれば、自分に非があるわけだから、もしこれを読んでも、自分で息子をいさめるのは難しいだろう)

落語の世界の言い方だと、『主《ぬし》ある花』を寝取った男が山田。世間にいくらもある名字なので、たとえ真実だとしても手かがりにはなりにくいが、とにかく、山田某が決まって日曜に忍んでくるらしい。そのためか、四件の放火はすべて月曜か火曜に行われていた。

平林はデスクの上から、問題のコピーをまた取り上げる。

(何度読んでも、俺の頭ではいい考えが浮かばない。あまり迷惑をかけたくないが、こういう時には稲荷町の師匠の知恵を借りるしか……)

「定吉っつぁん、ちょっといいかな」

「えっ？　あ、すみません。考えごとをしていたもので」

ふと気づくと、眼の前に並河刑事課長の顔があった。

「私に、何かご用でしょうか」

「係長から聞いたよ。今見ている、そいつについてね。とんでもないものが舞い込んで、川端君も戸惑ってる様子だった。まあ、当然だな。こんな怪文書はテレビドラマの中だけの話だと思っていた」

「おっしゃる通りですね。私も取り扱いに頭を悩ませていたところです」

「説明を聞いて、個人的に興味をもったのは定吉っつぁんの見解だった。自分の手に負えない息子を逮捕してもらうため、おふくろさんが警察に罪を告発する。そんな例は過去にもあった。

　ただ、そのコピーを手かがりにしてホシに迫るのは難しいと思うな。内容が曖昧で、相手の意図が読みづらい。それに、結局、指紋は一つも出なかったそうだ」

「ああ、やはり。まあ、簡単に尻尾は出しませんよね」

「で、その件について、オヤジにも報告を上げたんだが……」

　並河が言い淀む。この場合の『オヤジ』はもちろん署長だ。普段、陽気な彼が、今日は別人のように険しい表情をしていた。

「そうしたら、今回のヤマについて、邀撃《ようげき》捜査を提案されてね。いろいろやり取りがあったが、最終的には了承したんだ」

「ヨウゲキ……はあ。そこまで踏み込むわけですか」

　これはもともと軍事用語で、『迎撃』が敵を迎え撃つのに対し、『邀撃』は敵を戦術的に誘い出して攻撃することを意味する。具体的には、犯行を事前に予測し、可能性の高い場所で待ち伏せして、現行犯逮捕を目指すわけである。

「そこでお願いだが、川端係長は若い頃は別にして、ずっと強行犯の畑を歩いてきたから、邀撃捜査なんてほとんど経験がない。苦労をかけると思うが、定吉っつぁんに段取りを頼みたいんだ」

　邀撃捜査には膨大な人数が投入されるため、捜査員たちの負担が大きい。したがって、通常は事務所荒らしなど、狙われる対象がある程度限定できる犯罪に対して用いられる。本庁三課と所轄の三係での勤務が長かった平林は、数えきれないほど経験してきた。

「わかりました。もちろん命令には従いますが、相手が放火の場合、対象を絞るのが困難です。これまでの四件に類似する物件を探すにしても、やはり限界が……警ら課を中心にパトロールを強化した方が効果的ではありませんかね」

「その通りのことを、私の口からも進言したよ」

　並河が舌打ちの音を漏らし、小さなため息をつく。

「だけど、オヤジが頑固でね、パトロール強化はもちろん指示するが、並行して刑事課も邀撃捜査をしろと言うんだ。この年末に来て、管内で三件めを何としても出したくないらしい。十三日の火災はこれまでとは違い、現住建造物だったし、それにアカイヌがつかまって裁判になった際、その手紙の存在が公になると、うちの署の面子《めんつ》にかかわるだろう」

「……なるほど。そういうことですか。承知しました。で、いつから実施しましょう」

「オヤジは今夜からでもと言ったんだが、無理だと説明して、明後日からにしてもらった。

それでも急なのは承知しているが……大丈夫かな」

「わかりました。何とか段取ってみますので、ご安心ください」

多少の不満はあったが、平林は請け合わざるを得なかった。

神楽坂署の署長は警視正にしては若く、上昇志向が強い。したがって、放火犯から犯行声明もどきの文書を受け取りながら、充分な捜査態勢を整えなかったと、のちのち非難されるのを恐れているのだ。

9

優子の弟・浩司は十七歳で、文京区本駒込《ほんこまごめ》六丁目に校舎がある私立高校の二年生。優子は実家近くの都立高校へ進学したのだが、小学生の時からサッカーをやっていた浩司は強豪校へ行きたいと強硬に主張し、父の勇武が押し切られてしまった。一事が万事で、弟ばかりかわいがる父親に対して不満はあったが、浩司自身は明るく素直な性格のため、姉《きょう》弟《だい》仲は悪くなかった。

今日の昼休みにかかってきた電話の内容を要約すると、『同じ部活の親友が悪い連中とつき合っていて、このままだと退学になるかもしれないので、意見してやってほしい』。

こういう場合、警察官である自分が出ていっても、いい方向へ進むとは限らない。優子はそう言ったのだが、『その友達は姉さんが刑事だという事実を知らない。偶然を装って会い、それとなくでいいから、何とか』と懇願され、断れなくなった。父ばかりではなく、実は三崎家の姉も弟に対してはごく甘いのだ。

浩司の高校の最寄り駅は山手線の巣鴨だが、駒込駅からも遠くない。電話で指定された待ち合わせ場所は、駒込駅近くのマクドナルドだった。

日本マクドナルドが銀座三越《ぎんざみつこし》に第一号店を出したのは、優子が高校生の時。三年前に国内百号店達成と宣伝していたから、現在の店舗数は二百を超えているかもしれない。中高生のたまり場になっていることも多く、少年課にいた頃は見回りコースに入っていた。

土曜日なので通勤ラッシュもなく、駅に到着し、南口の改札を出る。

駒込に来るのは久しぶりだ。浩司が在籍する私立男子校は線路の反対側だが、優子が通っていた道場がそこから近いため、この界隈はよく知っていた。

江戸時代には柳沢吉保《やなぎさわよしやす》のお屋敷だった、日本庭園が有名な六義園《りくぎえん》には何度も行ったし、本郷《ほんごう》通り沿いにあり、八百屋お七の物語で有名な吉祥寺《きちじょうじ》を訪ねたこともある。大火のため、焼け出されたお七は家族とともにこの寺へ避難したが、そこで出会った吉三郎《きちさぶろう》のことが忘れられず、再び火事になれば会えると考えて自宅に放火し、火あぶりの刑に処せられた。

『ジングルベル』や『赤鼻のトナカイ』のメロディが流れる中、そんなことを思い出しながら駅前を歩き、約束した午後五時半ちょうどに、巨大な黄色いMのマークの看板のある店に着く。すると、弟の浩司が入口の脇で待っていた。

「姉貴《あねき》、ごめん。忙しいとこ、迷惑かけて申し訳ない」

　姉が父親から体形を受け継いだのに対し、弟は母親から。身長が百六十センチもないため、バスケやバレーではなく、サッカーを選んだと聞いた。運動部だが、髪は長めで、午前中授業があったため、詰め襟の学生服姿。ただし、カラーは外していた。

「迷惑だなんて思ってないけど……まあ、いいわ。とりあえず、中へ入りましょう」

「あっ、だめだめ。最初に打ち合わせしておかないと」

「えっ？　打ち合わせって、どういうこと」

「練習が終わったあと、顧問の先生に呼ばれたから、やつはまだ来ていない。だから、現れる前に、まずここで事情を聞いてほしい。話が済んだら僕だけ店へ入るから、姉貴はその辺をうろついて……そうだなあ。三十分経ったら戻ってきてよ。『最近、やる気がないぞ』なんて説教されてるから、そのくらいは遅れるはずなんだ」

「何よ、それ。今日は浩司からの説明だけだと思ってたら、本人を呼んじゃったの。いくら何でも気が早すぎない？」

「だから、さっき謝ったじゃないか。迷惑かけて申し訳ないって」

常にこの調子なので、怒る気にもなれなかった。

「しょうがないわねえ。今度だけよ。きちんと準備してからでないと、かえって逆効果になる場合だってあるんだから。お友達がよくない連中とつき合っているそうだけど、具体的にはどんな悪いことをしてるの」

「それはいろいろだよ。もともと、俺とは違って理系のクラスで、成績も優秀だったんだけど、今年の夏くらいからバイクを乗り回すようになって、知り合った仲間と酒や煙草。それくらいなら、別に心配しないけど、万引きとかカツアゲもやってるらしい。あと、アンパンにも手を出してると聞いて、これはまずいなと思ったんだ」

「アンパン……ああ、そう。それは、確かに問題よね」

『アンパン』はシンナーを意味する隠語で、その語源はビニール袋に液体を入れて吸う姿が、菓子のアンパンを食べる様子に似ているからだとされている。

日本でシンナー遊びが流行り出したのは十年ほど前からで、昭和四十七年には法律が改正され、販売等が規制された。しかし、その後も流行が収まる気配はなく、逆に化学製品の工場などへ忍び込み、トルエンなど似た作用をもつ物質を盗む行為が増加して、大きな問題となっていた。

「周りがやってるからという理由で気軽に手を出す例が多いけど、あれは絶対にだめ。脳を溶かすとよく言うでしょう。常用すると脳が萎縮して、一生不自由な思いをするはめになるわ。

成長期の場合、骨や歯、筋肉にも悪影響を及ぼす。中毒性があるから、いったんはまっちゃうと、自分の意思だけではなかなかやめられない。早く縁を切った方がいいわね」

「その通りだよな。だけど、僕の口からはあまり強く言えなくて……」

浩司が珍しく暗い表情でため息をつく。

「まあ、友達同士だと、そうかもしれないわね。で、その子の名前は？」

「河野太一。タイチは『太い』に漢数字の一さ」

「ええっ？　それって、まさか……」

「どうしたんだい、姉貴。顔色が変わったぜ。ひょっとして、太一を知ってるの」

「い、いえ、違うわ。もちろん知らないわよ」

あわてて首を振ったものの、優子の脳裏にはある人物の顔がはっきり浮かんでいた。

（寄席の楽屋で会った元噺家の彼は河野一郎太……偶然にしては、名前が似すぎているわ。確認する必要があるわね）

「河野君のお父さんて、飲食店を経営してらっしゃるかしら」

「何だ。やっぱり知ってるんじゃないか。居酒屋をやってるらしい。僕も高校からのつき合いだから詳しい事情は知らないけど、太一が中学生の時、何かゴタゴタがあったみたいで、親が別居して、今はお母さんと太一が一緒に住んでいる」

「そうなの。あと、ちょっとおかしな質問だけど……その子、落語は好きかしら」

「いや、大嫌いだと言ってた。何の話からそうなったのかなあ。とにかく、親父が落語好きで、ガキの頃に『寿限無』とか無理やり教え込まれたらしい。今は聞くだけで反吐《へど》が出そうだと言ってたな」

これで、決まりだ。河野太一君は河野一郎太氏の息子にまず間違いない。つまり、自分の本名から二文字採って命名したわけだ。

「太一が悪い連中とつき合うようになったのも、家の中にゴタゴタがあるせいなんだ。今はサッカーが歯止めになってるけど、顧問に嫌われていて、退部させられるかもしれない。もしそうなったら、たぶん学校も辞める。その前に退学食らっちゃうかもしれないけどね」

「ねえ、浩司。あなた、太一君のご自宅へ伺ったことはある？」

「あるよ。でも、向こうから来ることが多くて、僕が行ったのは一回だけ。『ぼろアパートだから呼びたくない』なんて言ってた。お母さんはスーパーの店員だけど、パートだから、生活が苦しいみたい」

「あの、そういう話はあとでゆっくり聞くから、まずそのアパートの場所を教えて。どこなの」

「駅で言うと、水道橋《すいどうばし》だな。後楽園《こうらくえん》球場の東側で、住所はたぶん本郷だと思う」

　そのあたりからだと、これまでの四件の放火のうち、最も近い早稲田鶴巻町の現場まで直線距離で二・五キロ、最も遠い市谷台町の現場までは五キロ程度だろう。高校生だし、自転車を使えば充分に移動は可能だ。

「なるほど。よくわかったわ。それでね、浩司、ちょっと相談が——」

「あれえ。どうしたんだ。今日はマック、満席？」

　ぎょっとして振り向くと、目に入ったのは、やはりカラー抜きの詰め襟学生服。こちらはその上にスタジャンを羽織っていた。

「太一……な、何だ。ずいぶん、早かったじゃないか」

　浩司も話に夢中で気づかなかったらしい。明らかに動揺していた。

「説教にしては、ずいぶんあっさり解放されたね。桜《さくら》井《い》先生、人が変わったのかな」

「誰だか知らないけど、電話が来て、大あわてで飛び出してったよ。彼女とのデートの約束でも忘れてたみたい。俺にとってはラッキーだったけどさ」

現れた高校生の風貌を一目見て、優子は彼が河野一郎太氏の息子であることを確信した。

やや下ぶくれの顔に細い眼と大きな口。確かに似ている。ただし、お母さん譲りなのか、鼻がつんと高く、小柄だが、均整の取れた体つきをしていた。

すると、河野太一君は優子の視線に気づいたらしく、困ったように笑うと、

「え……あ、すみません。もしかして、お話し中でした？」

「ええと、あの、いつもお世話になっています。私、浩司の姉です」

そう挨拶した瞬間、太一君の表情が凍りついた。そして、姉と弟を交互に見ると、

「婦警をしてるお姉さんがいるとは聞いてたけど……つまり、僕を補導させるためにわざわざ呼んだんだな」

「と、とんでもない！　偶然だよ、偶然。たまたまここで会ったんだ」

懸命に取り繕おうとするが、演技であることは見え見え。どうやら、姉の職業を知られていないというのは浩司の思い込みで、仲間内では周知の事実だったらしい。本人が口に出さなくても、担任や顧問の先生から漏れる場合だってある。

「河野君、ごめんなさい。だますつもりはなかったのよ。それはわかってちょうだいね」

正体がばれた以上、黙っているわけにはいかない。何とか正しい方向へ導けるよう努力

をする必要がある。

「あなたのご家庭の事情は浩司から聞いたわ。素行のよくないお友達と交際してるということもね。とにかく、こんなところで立ち話もできないから、お店に入りましょう」

「申し訳ありませんけど、よけいなお世話です」

太一君は優子の申し出を拒絶し、自分のチームメイトへ険しい視線を向けると、

「何を聞いたかは知りませんけど、親が浮気ばかりして、家族を苦しめてるような家の子がまともに育つはずないでしょう。もう放っといてください！」

それだけ言うと、さっと踵《きびす》を返し、足早に去っていった。

10

その翌日の日曜日。優子は朝から、平林と話をしたいと思っていたが、声をかける機会を見つけられないまま、一日が終わってしまった。

向こうも忙しそうに動き回っていたし、優子の方は提出期限が迫る書類作成で大わらわ。刑事というと、一日中出歩いているイメージがあるが、実際にはデスクワークが膨大で、『ちゃんと字を知らないと勤まらない』とまで言われている。

違う係に所属していると、こういう時に不自由だ。耳寄りの捜査情報があれば、堂々と話をしに行けるが、客観的に見て、そこまでではない。だから、ためらってしまうのだ。

結局、土曜日はマクドナルドの店内へは足を踏み入れず、駒込駅前で弟の浩司と別れた。『せっかくたまに会ったのだから』と夕食に誘ったが、浩司は蒼い顔をして『それどころじゃない。これからすぐ謝りに行く』と言い、大急ぎで友達を追いかけていった。

本人のためを思っての行動なのは確かで、それは相手も理解しているだろうが、感情的なしこりが残る恐れがあり、浩司があわてるのも無理はなかった。仕方なく帰路についたが、そこからずっと河野太一君のことが頭に引っかかっていた。一連の事件を引き起こしたアカイヌが、実は彼ではないかという思いに囚われたのだ。

常用者であれば、手元にあるシンナーを燃焼補助剤として使用するのは自然だし、また、浩司は太一君が理系だと言っていたので、基本的な化学的知識も備わっているはずだ。

まさかそんなはずはないと思っても、一度心に浮かんだ疑惑はなかなか消えない。平林は河野氏と古いつき合いらしいから、息子さんの件について報告し、ついでに平林の手元にある怪文書のコピーを見せてもらおう。優子はそう心に決めた。

十二月二十四日、月曜日。この日もなかなかタイミングが合わず、優子がようやく平林をつかまえられたのは、午後三時を過ぎた頃。一係の島に彼一人が残ったのを見て、さっと近づき、声をかけた。

「主任、お疲れ様です。お忙しいところ、申し訳ありませんが、ご報告したいことがあります。先日、お話しした河野一郎太さんについてですが、実は私の弟が彼の息子さんと同じ高校の同じ部活で――」

「あっ、ちょっと待って。大きな声は出さないでくれ」

　平林は両手を上げ、優子の言葉を遮った。

「ついさっき、玄関で会ったばかりなんだ」

「えっ？　会ったって、誰に……ひょっとして、河野さんですか」

「そうなんだよ。新規開店の宣伝ビラを抱えて、『署内で配りたいので、ぜひご許可をいただきたい』とさ。俺は署長じゃないんだぜ。まったく、困ったもんだ。追い返そうかとも思ったが、わざわざ割引券まで作ってきたと聞いて、『じゃあ、一階の交通課と刑事課だけなら』と言ったんだが……あっ、来た来た」

「どうも、神楽坂署刑事課の皆々様、お仕事、まことにお疲れ様でございます。新宿区民を代表して、厚く厚く御礼《おんれい》申し上げます！」

　場違いな大声に、平林がため息をつき、両手で顔を覆う。

「ご当地小栗通りに店を構えます『えびすや』改め、『ほていや』がご挨拶に参上いたしました。来年一月四日に新装開店し、その後、一週間は料理も飲み物も全品半額の出血大サービス。さらに、神楽坂署員の皆様方に限り、本日お渡しするこの券をご持参いただければ、二人に一本、トリスウイスキーのボトルを無料でおつけいたします。どうか、ひとえにご愛顧のほどを！」

　さすが元落語家だけあって、よく通る声だ。仕事中、もちろん迷惑ではあるのだが、そこまでサービスしてもらえば飲兵衛《のんべえ》連中にとっては大歓迎。券をもらい、大喜びしている者が何人もいた。

「いやあ。本当にありがとうございます。おかげさまで、いい宣伝になりました」

　隅々まで愛想を振りまいてから、河野さんが平林のデスクへとやってくる。

「張り切ってるねえ、大将。だけど、宣伝のためとはいいながら、半額の上にボトルまでつけて、それで商売になるのかい」

「なるに決まってるでしょう。未来永劫、半額にするわけじゃないんですから。何しろ今回の新装開店は、私にとって乾坤一擲《けんこんいってき》の大勝負。幸い、運転資金には不自由しておりませんので、損して得取れ。最初の三月《みつき》や半年は採算度外視でご奉仕する覚悟でして……」

　感心するくらい、滑らかに舌が回る。平林も口が達者な方だが、完全に圧倒され、ついには黙り込んでしまった。

「おや。これはこれは、トテシャンの三崎様。職場でお目にかかると、また一層凜々《りり》しく見えますなあ」

「いえ、あの、先日は失礼いたしました。ええと……ワンちゃんは、お元気ですか」

すさまじいお世辞攻撃に遭い、バランス上、何かお愛想を言わないといけないと思った。

「うちのかわいいせがれですか。もちろん元気いっぱいです。あ、そうだ。写真、ご覧になりますか」

まだ返事もしていないのに、ポケットから、素早く取り出し、手渡してくる。

見ると、撮影場所はやはり店舗の玄関で、菰被りの脇に黒柴が行儀よくお座りしていた。チラシではよくわからなかったが、耳がピンと立ち、いかにも利口そうだ。写真を撮られるのがうれしいのか、口を開けて赤い舌を出し、カメラのレンズを見つめていた。

(この真ん丸い眼……クロ子と同じだ。命を助けてあげられなくて、ごめんなさいね)

つい、昔のことを思い出してしまう。多感な子供時代の体験なので、心に負った傷が深いのだろう。

「ありがとうございました。クロちゃん、本当にかわいいですね。それで、そのう……」

犬の写真を返した優子は少し迷ってから、

「さっき、『うちのせがれ』とおっしゃいましたけど、私の弟とおたくの太一君が同じ高校で、部活も同じサッカー部なんです。いつも、お世話になっております」

藪蛇《やぶへび》にならないよう充分注意したつもりだったが、それを聞いた河野さんが態度を豹変させた。顔から拭ったように笑みが消え、まるで能面のような表情になって、

「そうでしたか。こちらこそ、お世話になって……ということは、息子の悪い噂もいろいろ耳に入っているでしょうね」

「ええっ？　い、いや、それは……」

優子は狼狽した。こんな展開はまったく予期していない。

「とぼけたって、だめですよ。お仕事柄、何も知らないはずがないし……」

ふと言い淀んだ河野さんは辺りを見渡してから、顔を大きくしかめる。

「本当に申し訳次第もございません。太一がグレたのは全部、私たち夫婦の責任です。本人は少しも悪くありません。至らない親のせいで、あんなことに……もし何かありましたら、すぐご連絡ください。全財産をなげうってでも償いをいたします。どうか、よろしく……お、お願い、いたします」

最後は涙声。どう対応していいかわからず、絶句している優子に向かって何度も頭を下げてから、河野さんは刑事課の部屋を出ていった。

11

「嵐が過ぎ去ったあとみたいだなあ。昔からそうだったけど、感情の起伏が激しすぎる」

河野氏が出ていったあとで、平林が三日前の正蔵師匠と同じ感想をつぶやいた。

「まあ、一人息子に対する愛情に嘘はないんだろうが……そうだ。お前さんの話が途中だったけど、あの落語小僧、そんなひどい悪《わる》になっちまったのか」

「落語小僧……？　それ、太一君のことですか」

「本名なんか忘れちまった。俺が会ったのは小学一年生くらいの時で、店の名前をそのまま家号に使い、恵比須家小鯛《こだい》なんてメクリで高座に出ていた。むろん、天狗連だけどな」

「じゃあ、太一君の落語をお聞きになったことがあるんですね」

『メクリ』『家号』『天狗連』などの符牒の意味は、すでに平林から講義を受けていた。

「何度もあるが、その話は後回しだ。まずは、弟さんから得た情報について教えてくれ」

「あ、はい。一昨日の夕方、駒込の駅前で弟と会ったんですが……」

浩司から聞いた話、そして、太一君本人との会話を説明すると、それを聞いた平林は難しい顔になって、

「なるほど。そりゃ、まずかったなあ。その子はサッカー部の友達がいるおかげで、完全に道を踏み外す一歩手前で踏みとどまっている状態だろう。居場所をなくすと危ない」

「迂闊だったと反省しています。私が警官だという事実を、太一君が知らないと思い込んだのが失敗でした」

「それにしても、あんな小さな子が今は高校生か。回らない舌で『カタアシャ、本郷《ほんご》へ行くわいなぁ』なんて言ってたがなあ」

「カタアシャ……それ、何かの落語ですか」

「『お七』のサゲさ。自分の十八番だったから、せがれにも教えたんだろう」

「いや、そんなはずは……あの噺のオチは、ええと、『火をつけたら、どうする？』と友達に逆襲されて、『そんなことのねえように、火の用心に気をつけねえ』」

「それは文庫の『古典落語』に入っている方だ。別に『お七の十《じゅう》』って噺がある」

平林の説明によると、複数の落語が同じ演目名をもつ例がいくつかあり、優子が知っている『お七』とはまるで別の噺があるのだそうだ。

「こっちは怪談仕立てになっているんだ。本郷にあった自分の家が再建されて、『あたしゃ、本郷へ行くわいな』と言い残し、吉三《きちざ》と別れたお七だったが、会いたい気持ちが募り、ついには自分の家に火をつけてしまう」

「それで、市中引き回しの上、火あぶりになるんですよね」

「その通り。それを見た恋人の吉三も生きる気力を失い、川へ身を投げる。二人は地獄で再会するんだが、片方は火で死に、片方は水だ。抱き合ったとたんにジューと音を立てて消えてしまう」

「なるほど。だから『お七の十』という呼び名がついてるんですね」

「お七の『七』と吉三の『三』を足して十、なんて意味合いもあるようだけどな。そして、さらにその続きだが……刑場の露と消えたお七の霊が迷うてか、夜な夜な、鈴《すず》が森《もり》に現れるようになった」

　内ポケットから例の扇子を取り出し、小声ではあるが、口調も本物の高座さながらに変わる。

「この噂を聞きつけた勤番侍《きんばんざむらい》が『よし。国への土産だ。拙者が退治《たいじ》てくれよう』と言い、深夜の刑場へとやってくると、石塔の傍らより現れ出でたるはお七の幽霊。ヒュードロドロドロ……」

　デスクの上へ扇子を放り出した平林がいきなり両手を伏せ、おなじみの幽霊のポーズを取る。それを見て、優子は仰天した。ちょうど周りに誰もいないからいいようなものの、誰かに目撃されたら、さすがに恥ずかしい。

「侍が『天に代わって成敗してくれる』と言い、刀の柄《つか》に手がかかったなと思うと、体をひねって居合い腰。『えい！』とばかりに切りつけてきた。すると、お七の右腕がポロリと落ちる。次の一刀で、左の腕もポロリ、右脚も……唐傘《からかさ》のお化けになっちゃった。これじゃ、とてもかなわないというので、お七はピョンピョン逃げ出す。それを見た武士が『これ、お七。一本足でいずれへ参る？』ときくと、『片足ゃ、本郷へ行くわいなぁ』」

何と、サゲの台詞のところでは若い娘の表情になり、しなまで作ってみせた。

（……さすがは生ける伝説だ。落語刑事と呼ばれるだけのことはある。すごいものを見てしまったなあ）

優子は素直に感動したのだが、同時に戸惑ってもいた。まさか平林がここまで熱心かつ懇切丁寧に解説してくれるとは思わなかったのだ。

（アカイヌの件で、かなり追いつめられている様子だったけど、今日は妙にゆとりがあるみたい。変ねえ。髪は昨日より、さらに乱れてるけど……）

たぶんポマードを塗り忘れたのだろう。毛先が一斉に天井を向き、爆発寸前の有様だ。

（それに、河野太一君がシンナーの常用者だという情報に無反応だったのも解せないわ。ホシである可能性が否定できないわけだから、普通なら食いついてくるはずよね）

少し迷ったが、優子は単刀直入にきいてみることにした。

「先ほどもお話ししましたが、太一君はシンナー遊びに手を出していて、しかも、理系クラスです。まさか、彼が問題のアカイヌという可能性はありませんよね」

「それは、今の段階では何とも言えないが……」

平林はいったん言葉を濁したが、それに続けて、

「実は、今日からとりあえず一週間の予定で、アカイヌを邀撃するんだよ」

「邀撃捜査ですか。三係では経験しましたが、一係でというのは聞いたことがありません」

「だろうな。うまくいくとは思えないが、署長命令で逆らえなかった。まあ、一定の抑止効果はあるだろうから、やるしかない。今夜はクリスマスイブだってのに、因果な稼業だ」

平林は口ではそうぼやいたが、口調に深刻さがない。考えてみれば、今日は月曜日。アカイヌの出没が最も疑われる日だ。それなのに、この余裕は何なのだろう。

「あのう、主任、お答えいただけたらで結構ですが……捜査に何か進展がありましたか」

思い切って尋ねてみると、平林は口元をゆるめ、軽く顎を上げて、

「アカイヌの目星がついたんだよ」

「ええっ　あの、それ……本当なんですか」

唐突な宣言を聞き、優子は自分の耳を疑った。

「こんな時に冗談を言っても始まらない。あくまでも目星で、ホシをはっきり特定するためにはこれから動く必要があるが、間違いなく尻尾はつかんだ。一応上に話を通す必要があるので、今、課長がオヤジと話しているところだ」

平林は自信たっぷりの表情で、そう語ると、優子に向かって、何と片眼をつぶり、

「たまにはホームズの手を借りず、ワトソンが事件を解決するという趣向も悪くないだろう。まあ、柄にもなくとは思うがね。あまりもったいぶるのも変だから、ここらでネタを割ると、ついさっき、この間の続きが封書で届いたんだよ」

「えっ……？　つまり、例の怪文書の続きが送られてきたのですか」

「そうだ。封筒の宛名も同じだし、文章の筆跡も同じ。前回はページの都合で『僕が火災現』で終わっていたが、そこから、ちゃんと文章がつながっている。もしよかったら、前回のものと合わせて読んでみるかい」

平林がデスクの引き出しから二枚のコピーを取り出す。比べてみると、筆跡は明らかに同一人のものだ。

第一便のラストが『投光機のライトがそれを照らし出し、まるで竜のようにくねくねと動いていた。僕が火災現』で、今日の第二便の最初が『場に到着した時には、倉庫の外壁

を』……なるほど。確かにつながっている。

　そして、今日届いた文章では十二月二日、市谷台町で行われた犯行の詳細を記述したあと、日付が十一日へ飛んでいた。

（要するに……これは通常の日記ではなく、アカイヌが自分の犯行を綴った手記だったのか）

　それから、優子は二枚のコピーに目を通したが……犯人像なんてさっぱり浮かんでこない。『尻尾をつかんだ』と平林は言ったが、後ろ姿さえ靄《もや》の彼方へかすんだまま。

「お恥ずかしいですが、読み終わっても、まるでちんぷんかんぷんです。主任はこの文章から、どんな推理で犯人像を導き出されたのでしょう」

「いやあ、そう言われると面目ない。恥ずかしいのはこっちだよ」

　優子の質問に対し、平林は顔をしかめ、手に持った扇子を左右に振る。

「実は推理なんか一切してないんだ。頭の中身が稲荷町の師匠とは違うからね。強いて言えば、この前の事件での君の活躍に似てるかな。もっとも、俺自身は特殊能力なんかもっちゃいないがね」

12

アパートの階段は錆びつき、手摺《てすり》もガタガタしていた。一階も二階も部屋の明かりはすべて消えているが、万一の場合を考え、足音を立てないよう気をつけながら一階へ下りる。ここは渋谷区富ヶ谷《とみがや》。渋谷駅から北西へ一・五キロほどの住宅地だ。辺りは静まり返っていて、音といえば、たまに犬の遠吠えが聞こえるだけ。

いつの間にか、風が強くなってきた。目的達成のためには好都合だが、寒さはやはり身にこたえるので、ウィンドブレーカーの襟からフードを出し、頭に被る。

アパート裏の小屋から、自分の自転車を出し、荷台に段ボール箱を載せ、またがる。目立つのはまずいから、今日も無灯火だ。

漕ぎ出す時、ふと見上げると、雲に覆われているらしく、月も星も見えなかった。

今日は十二月二十八日……いや、午前一時を過ぎたから、二十九日の土曜日。僕はこれから五件めの犯行現場へ向かおうとしている。

ここ数日、神楽坂警察の近辺で夜間パトロールが強化されているようだが、そんなことをしても僕はつかまらない。事前に予想済みで、有効な対抗策を準備してきた。

その第一は、これまでとは違った地点を狙うこと。神楽坂署管内はもちろん、新宿区からも外へ出てしまえばいい。しかし、移動手段が自転車だけなので、自宅を起点とすると、深夜パトロールに会い、職務質問される恐れがある。その時、荷台に積んだ時限発火装置が見つかれば完全にアウトだ。

そこで、昨日の夕方、渋谷にいる友達のアパートに来て、泊めてもらった。やつに酒をおごって、酔いつぶれた隙に抜け出し、仕事を済ませる。これなら、神楽坂署のお巡りたちは手も足も出ないだろう。

そして、第二の対抗策として、犯行の曜日も変えた。このところ、山田は決まって毎週日曜日に母さんのところへ忍んでくる。僕が部活の練習や遠征で家にいないのを知っているからだ。

日曜の夕方、家に戻り、普段と明らかに違う母さんの表情を見ると、頭に血が上り、鬱積した思いを解消するため、火を放ちたくなる。月曜か火曜の犯行になったのはそれが理由だが、今回は週の後半になるまでひたすら我慢した。

今度は失敗しない。現住建造物への放火は重罪だし、僕としても誰かが焼け死ぬのは避けたい。ただ、燃え盛る炎を見ないのでは、火をつける意味がないので、根城となるアパートから消防自動車のサイレンが聞こえる範囲で探し、最適の獲物を見つけた。

今回はロウソクを半分の長さにしたので、燃え尽きるまで一時間。サイレンが聞こえたら、やつを叩き起こし、一緒に見物に行く。僕がこっそり抜け出したことなど知らないから、アリバイ作りにもなり、一石二鳥だ。

ところどころに街灯がともるだけの薄暗い道を進み、十分ほどで目的地に到着する。

住所は、たぶん富ヶ谷の隣町の上原《うえはら》だろう。三百メートルほど北上すれば小田急《おだきゅう》線の代々木《よよぎ》上原駅、同じくらいの距離を南下すれば東大駒場《こまば》キャンパスに着く。早稲田の次が東大になったのはただの偶然で、まさかこんなところから足がつくはずがない。

今回の獲物は小ぢんまりとした二階建て。窓ガラスがあちこち割れているから、人が住んでいることなどあり得ない。以前はお菓子屋だったらしく、看板にかすれた字で『森永《もりなが》ミルクキャラメル』と書かれていた。

右隣が空き地で、左隣は神社の石段。見上げると、木々の間に赤い鳥居が見えるから、もしかすると、参詣人相手に商売をしていたのかもしれない。こういう場所なら大火に発展する危険性はまずないだろう。

隣の空き地で自転車から降り、スタンドを下ろす。左右を見渡したが、家々の窓はすべて暗く、ここは街灯からも遠いので、周囲は闇に包まれていた。

懐中電灯を取り出し、ゴムロープを外して、荷台から段ボール箱を下ろす。あらかじめシンナーをたっぷり浸した紙を二重のビニール袋で密閉し、箱の底に入れてあった。

空き家の玄関前には、古新聞やつぶした段ボール箱が山のように放置され、まるで放火犯を誘ってでもいるかのようだ。

その手前に箱を置き、しゃがみ込んで、ポケットからロウソクとライターを取り出す。ますます風が強まってきたので、箱の中で火をつけることにした。間違えて手を滑らせれば大火傷なので、極度に緊張した。

何とかうまくいき、点火されたロウソクを箱の底から打ち込んでおいた釘に差し、蓋をする。蓋には空気穴を二カ所開けておいた。

作業が無事に済み、深く息を吐いた時、背後でキキーッというブレーキ音が聞こえた。思わず息を呑み、振り返ると、僕の自転車の脇にもう一台が駐まり、そこから素早く降りた黒い人影がこちらへ歩み寄ってくるところだった。

「だ、誰だ、お前？」

「今、あなたが何をしたのかはわかってるわ」

意外なことに、若い女性の声だった。背が高いから、てっきり男だと思ったのだ。

「発火装置の処理はこちらでします。その場からそっと離れて」

「発火装置だって？　ぼ、僕は何も……」

とにかく、敵が正体不明のままでは対抗する手段が浮かばない。懐中電灯のスイッチを入れ、人影へ向ける。

すると、白い光の輪に照らし出されたのは、茶色いジャンパーを着て、黒の手袋をした女。眉の上で一直線に切り揃えたおかしな髪形だが、眼が大きく、驚くほどきれいな顔立ちだった。年齢は二十代半ばくらい。

こんな美人が警官のわけがない。ただの通りすがりだろうと考え、ほっとしかけたのだが、

「私の言うことを聞きなさい。小林《こばやし》君」

相手がいきなり僕の名字を口にした瞬間、猛烈な恐怖に襲われ、懐中電灯をその場に放ると、夢中で走り出した。

しかし、五メートルも進まない地点でつかまってしまう。必死で抵抗したが、背後から腕をねじられ、身動きが取れなくなった。女性とは思えない、すさまじい力だ。

「おとなしくして。逃げようとすると、腕が折れちゃうかもよ」

その女が言った。口調がやさしいのが、逆に不気味だ。

それでももがいていると、相手も力を込めてくる。苦痛にうめいている時、すぐ眼の前に自動車が駐まった。

見ると、サイレンは鳴らしていないが、それはパトカーで、中から三人降りてきた。そのうちの二人は消火器や工具箱を抱え、発火装置の箱に駆け寄り、もう一人の男がこちらへ近づいてくる。

「三崎君、よくやった。すぐに処理するから、しばらくそのままでいてくれ」

そして、男は僕の顔を覗き込みながら、

「いやあ、また会ったねえ。小林学《まなぶ》君」

13

小栗通りは神楽坂通りの西側に、通りと平行というより、次第に遠ざかる形で延びている小道で、別名が小栗横町。最終的には庚嶺坂《ゆれいざか》と交わって終わる。名前の由来は、その昔、この通りの両端に旗本・小栗家が存在したからだと言われている。

十二月三十日、午前一時過ぎ。庚嶺坂側の旧旗本家の屋敷跡に白いバンが駐まり、運転席から大きな人影が降りてきた。

後部座席のドアを開け、中から箱を取り出す。そして、一軒の家の前へそれを運び、玄関前に積み上げられていた樽の下に置いた。

すると、足音を聞きつけたらしく、木製の引き戸の向こうで「クウン、クウン」という犬の鳴き声。その人物はそれを聞き、大きな舌打ちをして、ポケットから何か取り出そうとしたが、

「はい。そこまでです。動かないで」

はっと息を呑み、振り返ると、道を挟んだ反対側の路地の薄暗がりから、人影が三つ、ぞろぞろと現れた。

「な、何だ、お前らは？」

「お見忘れですか。街灯が遠いのは確かだが、ずいぶん薄情だなあ。あなたの親友のはずでしょう」

「あっ、その声は……でも、なぜわかったんだ。ばれるはずなどないのに」

「実は昨日、学君を逮捕したんですよ。あなたを邀撃するために、マスコミには公表していませんがね」

「学……誰のことだ。そんなやつ、知らないぞ」

「えっ？　じゃあ、名前も知らないで、日記だけコピーしたんですか。いくら何でも、そいつはずうずうしいなあ」

今度は女の声。それを聞いて、男二人も声に出して笑う。

「こらこら。笑うんじゃないよ。失礼だろう」

最初の声の主は仲間を軽くたしなめてから、

「とにかく、署へご同道願います。もちろん任意ではありません。その箱の中にシンナー……ではなくて、灯油かな。燃焼促進剤の種類は問わないが、自動発火装置が発見されれば、立派に放火未遂罪が成立する。

それにしても、いくら噺家時代の十八番だったとはいえ、あなたがお七を気取るのは、やっぱりずうずうしかったと思いますよ。ねえ、河野一郎太さん」

14

「……いやあ、今回はお手柄だったねえ、平林さん。まずは高校生の連続放火犯をものの見事にお縄にしてさ」

正蔵師匠が笑顔で言った。大晦日の午前十一時。稲荷町の長屋の居間である。

「一昨日《おとつい》の朝、わざわざ家《うち》へ来て、首尾を報告してくれたけど、顚末を聞いて、本当に感心しましたよ。火事の現場で、まさか芝居を一幕演じるなんて、平林さんはナカゾウも顔負けの名優だ。ねえ、そうでしょう、三崎さん」

「あ、はい。演技はすばらしいと思いますが……そのナカゾウって、誰ですか」

優子が尋ねると、すぐ脇にいる平林が解説してくれた。江戸時代の名優が主人公の『中村仲蔵』という噺があり、正蔵師匠の十八番中の十八番なのだそうだ。

「過分のおほめの言葉をいただいて光栄ですが、一昨日も申し上げた通り、あれは私独りの知恵ではありません」

少し照れた様子で、平林が続けた。事件が解決したため、今日の髪形はもちろん普段通りに戻っている。

「火災現場へ捜査員が赴き、野次馬と接触するという手法は昔からあって、そういう場合、深夜にスーツ姿では変なので、今の季節ならジャンパーとかアノラックなどを着ます。捜査一係員が服装を変えるのは珍しいですがね。

自分がつけた火が燃え盛るのを見たがるアカイヌは多くて、そういった連中は野次馬に紛れ、必ず現場へ戻ってきます。そこで片っ端から声をかけ、アタリをつけるわけですよ」

「それは聞いたけど、せっかくの捜査も肝心の刑事さんが大根《ダイコ》じゃ話にならない。平林さんの名演技あってこその成果だよ」

「いえ。そんな……もし仮に私の芝居が合格点だとしたら、それは師匠の『火事息子』をくり返し聞いたおかげです。あの噺のマクラに出てくる野次馬同士の会話を手本にしてますから」

　正蔵師匠お得意の人情噺は、ついこの間、神楽坂倶楽部のトリの高座で聞いたばかりだ。平林は十二月三日、市谷台町の火災現場へいち早く駆けつけ、多数の野次馬に声をかけた。そして、その事実が放火日記の中に記されているのを知り、アカイヌの正体を見抜いたのだ。

　制服警官に対して暴言を吐いたのも、もちろん平林の芝居。ただし、手記の中に『七十過ぎのよぼよぼの老人』などと書いてあったのは、その場に応じた演技をしていたからなのだが、それでもやはりショックだった様子で、『頭は真っ白だが、そこまで老けて見えるかなあ』とぼやいていた。

「それにしても、文明の利器と、それを活用する警察の知恵てえのはすごいもんだねえ」

　感に堪えた声で、正蔵師匠が言った。

「この前の事件では、三崎さんの記憶のすごさに驚かされたけど、それに加え、写真もあれば鬼に金棒だ。火災の現場で、警察が野次馬之助を熱心に撮影してるとは、お釈迦様でもご存じないだろうね」

「世間一般の人には、『火が燃えてる最中、何を悠長に』なんて非難されそうですがね。

仕方ないんですよ。火を消すのは消防の仕事。我々の仕事は、あくまでも放火だった場合の犯人逮捕ですから」

放火が疑われる火災現場には、専門の鑑識技官が出動し、集まった野次馬の写真を撮りまくる。その際、撮影の事実がわかると騒動になりかねないので、ストロボは焚かず、高感度フィルムを使用する。時には、消火活動を補助する投光機を活用する場合もあって、野次馬の方では担当者が混乱していると思うだろうが、実は意図的に照らしているのだ。

当日の写真の中から、手記を書いたと思しき人物を平林が指し示し、その部分だけを拡大してプリントする。あとは、刑事課総出で高校を回り、『こういう顔の生徒は在籍していませんか』と尋ねた結果、二十六日には容疑者を特定できた。

今回のアカイヌ・小林学は十六歳、高校一年生。自宅が新宿区北新宿四丁目であることが判明したので、高校側に厳重に口止めした上で内偵を進め、夜間もずっと見張り続けた。

そして一昨日の午前一時半、宿泊先を出たところを優子が自転車で尾行。それをまたパトカーで追うという手法で、現行犯逮捕した。その後、自宅の捜査も行われ、二階の部屋からシンナーの瓶やロウソクなどが押収された。

「しかし、今回は……いや、今回もですけれど、師匠のご炯眼《けいがん》には恐れ入りました」

平林が正蔵師匠に向かって、深く頭《こうべ》を垂れる。

「本当に恥ずかしくてたまりませんよ。正直申し上げれば、一昨日の朝、私はここへ『師匠の手助けなしで犯人を挙げました』と自慢しに来たわけですからね。ところが……」

「いやいや。何も恥ずかしがることはないよ。そうに違いないんだから」

「確かに小林学は逮捕できましたが、事件が終わったと考えるのは早計だったんです。だって、例の手記がなぜ警察へ送られてきたか。その理由が未解明でしたから」

「実は私、そこが一番知りたい点なんです」

　ここで、しばらく黙っていた優子が二人の会話に口を挟んだ。

「昨日の午前一時過ぎに、河野一郎太さんが自宅への放火未遂罪で逮捕されました。本人も今の状況に衝撃を受けている様子で、取り調べは思うように進んでいませんが、目的が火災保険金の詐取であったことはすでに自供しました。ただ、なぜその前日の段階で、彼の犯行を予見できたのか。手品の種明かしをぜひお願いします。私は係が違うので、取り調べの様子がわかりませんし、平林主任にきいても、『稲荷町から教えてもらえ』の一点張りなもので」

「種明かしだなんて……別にそれほどのものじゃないけどねえ」

　正蔵師匠はそう謙遜し、軽く右手を振った。

「ただ、ちょっと……そうだ。たしか、三崎さんもいたな。元馬一だった河野が、神楽坂の楽屋へ来た時にさ」

「あ、はい。おっしゃる通り、ご一緒していました」

「あの時にね、『こいつ、もしやすると、やる気じゃねえかな』と思ったんだよ」

15

「ええっ……？　あの時点で、もう悪巧みを見抜いていらしたのですか」

優子は仰天してしまった。その場に同席し、会話もすべて聞いたが、優子はまったく何も感じなかった。

「一体、どこで……犯罪のにおいにお気づきになった理由を教えていただけますか」

「まず第一は、チラシに載ってた新しい店の写真だね。お二人に向かってこんなことを言うのは釈迦に説法だが、昔の家はともかく、現在新築する場合には、防火を目的としてどこにどんな材料を使うかが全部法律で決まっている。

延焼防止のため、周囲に家がある場合、それらと接する面には燃えにくい材料……石膏ボードとか亜鉛鋼板とか、そういったものを使わないと、行政から建築許可が下りない」

「はい。それは一応、知っていましたが……」

「だからさ、よく裏とか脇に火をつけるやつがあるが、あたしに言わせりゃ、そんな手合いは素人で、今の家は表から火を放った方が燃えやすい。

チラシの写真を見たら、新たな店舗の正面が壁から建具から全部木だったろう。二階の窓までね。いくら日本料理屋でも、ちょいと極端すぎる気がした。そこへもってきて、あの菰っ被りだ。あそこから火の手が上がったら、あっという間に家が炎に呑まれちまう。あれ、中身は空っぽだから、下から炎に煽られればひとたまりもないよ」

「それで、保険金目当ての放火を企んでいることを見抜かれたんですか。まさに千里眼ですねえ」

「いや、もちろんそれだけじゃない。二番めの理由は店の名前だ。せっかく今まで『えびすや』で商売してきて、なじみ客もあるはずなのに、ここで急に名前を変えるってのはおかしい。いくら手前《てめえ》が布袋様そっくりだからって、妙な話じゃねえか。

そこで、ふと思いついたんだが、池袋かどこかに支店があるんだろう。自火《じか》を起こして、店が全焼すれば否応なしに新聞に載る。支店の方に悪影響を及ぼさないよう、あらかじめ屋号を変えたんじゃないかとね」

「ああ。それで……確かにあり得ます。というか、間違いなくそうでしょうね」

考えてみれば、異常と思えるほどの開店記念サービスも放火の計画あってのものだったはず。実際に開店する気がないのだから、いくらでも大盤ぶるまいを予告できたわけだ。

「だけどねえ、あたしがあやしいと睨んだ一番の理由は、やっぱり犬だよ」

「犬？　柴犬のクロちゃんですか。でも、あれが何か……」

「考えてもごらんよ。『元猫』なんて噺をでっち上げるほど犬を嫌ってた男が、いくら息子と離れ離れに暮らしてるからといって、急に犬好きになるはずがない。そんなに寂《さみ》しけりゃ、猫でも小鳥でも飼うがいいじゃねえか。そうだろう。だから、あたしは思ったんだ。『こいつ、焼き殺すために犬を飼い出したんじゃねえのかな』ってね」

「あっ、そうか！　そこは、まるで考えませんでした」

「ほら、やつが『家を出る時、玄関の土間に犬をつないでおく』と言ってたじゃないか。そうして、菰っ被りに火をつければ、まず助からないよ」

自分の家に放火して保険金をだまし取る手口は過去にも例があるが、その場合、たとえ警察が見逃しても、保険会社の調査で不審点が見つかると、金が一銭も下りない。

もし人的被害、つまり、妻や子が焼け死んだりすれば調査が甘くなるが、河野氏は現在別居中だし、そこまで悪人にもなれないので、犬を使うことにしたのだろう。猫は外を出歩くし、どこかにつないでおくのも不自然なので、代用にはならない。

（……なるほど。だから、警察署にクロちゃんの写真まで持参し、見せまくっていたのね。

まったく、わざとらしいわ）

寄席の楽屋で最初に会った時、優子が警察官だと知り、大喜びしたのも、たぶん本心からだったろう。自分の嘘を警察関係者に信じ込ませるチャンスだと思ったに違いない。

「しかし、まあ、あたしが河野の計画を事前に察知できたのは、馬八のおかげだねえ」

「馬八師匠の……？　それはどういう意味ですか」

「ほら、あの時、馬八が元兄弟子の得意ネタを挙げたじゃないか。『ラブレター』に『お七』。あれで、ピンと来たんだよ」

「ピンと……何が来たんでしょう？」

「考えてもごらん。八百屋お七は自分の家に火をつけたんだよ」

「あ……納得しました。まあ、お七の動機は金めあてではなく、恋人に会うためでしたけれど」

ちなみに、今回のような保険金詐欺には工務店が絡む例が多い。ボロボロの古材を使い、手抜き工事をして、実質七、八百万円で家を建て、三千万円の請求書を書く。それを受け取った施主はそれと同額の火災保険に加入。計画がうまくいき、保険金が満額下りれば、山分けしても一人あたり一千万円以上の利益が出る。したがって現在、ほていやの新築に関わった工務店の社長を署に呼び、事情聴取をしている。河野が『金に糸目はつけず、理想の店を』などと言っていたのは、すべてデタラメだったのだ。

　これはすでに本人が自供しているが、店の経営状態があまり思わしくない上に、何年も前から麻雀や競艇などのギャンブルにのめり込み、質《たち》の悪い借金がかさんで、内情は火の車だったという。

「ところで、師匠、私からも一つお伺いしたいことがあるのですが……」

　話が一段落したところで、平林が口を開く。

「河野一郎太が放火日記のコピーを署へ送りつけた理由は、本人から自供が得られたので、すでに判明しています」

　その行為の目的は、自宅への放火を実在する別のアカイヌの仕業だと警察に誤認させるため。その事件に便乗し、自分の家に放火したと疑われては困るので、連続放火事件の犯人からの挑戦状を装い、捜査を混乱させる狙いがあったのだ。ただし、その封書から足がつく危険性があるし、事実そうなったのだが、愚かなことに、河野はそこまで考えが及んでいなかった。

「小林学の父親は去年の春から大阪へ単身赴任……『鴻池の犬』ではありませんが、とにかくその留守に学の母を河野が寝取ったわけです。あの男の女癖の悪さはずっと以前からのもので、女房に愛想を尽かされたのも、それが原因らしいですよ。できた嫁さんなんだが、よほど腹に据えかねたんでしょうねえ」

駒込駅前で会った時、太一君は『親が浮気ばかりして』と言っていたが、あれは父親のことだったのだ。初対面の優子に向かって不満を爆発させるくらいだから、心の傷は相当深いはずだ。

「小林学の母親である琴美《ことみ》は保険の外交員をしていて、勧誘活動をしている間に河野と知り合った。息子の学君は都立高の生徒ですが、強豪校の剣道部でレギュラーを張っていたので、土日はほとんどいない。たまたま早く帰った日に、母親の情事を目撃してしまったようですね」

河野の自供によると、日記を入手したのは十二月十五日、土曜日の午後。手記とは異なり、日曜日以外に忍んでいくことがあったらしい。

ところが、たまたまその日、小林琴美の姉が急に訪ねてきた。住んでいたのがアパートで裏口などないため、仕方なく、琴美は河野を子供の勉強部屋へ追いやった。そこで、暇つぶしにあちこち探っているうち、ベッドの下にいわくありげな大学ノートが隠してあるのを見つけた。

それを読んだ河野はこっそりそれを持ち出してコピーを取り、翌日、また行って、琴美がトイレに行く隙を窺い、元の場所へ戻したのだそうだ。

（自宅に放火する計画を練っている最中に身近で連続放火事件が起き、その上、真犯人の手記まで手に入ったから、有頂天になって、あんな行動に出たんでしょう。考えが浅いわね。まあ、こちらは太一君がアカイヌじゃなくて一安心だったけど……家庭環境に問題があるし、本人に関しても交遊関係とシンナーの問題、その上、実のお父さんがこんな事件を引き起こしてしまった。今後、浩司とも相談しながら、少しでもいい方向へもっていかないと）

　平林は喉が渇いたらしく、眼の前のお茶を口に含む。それを注いでくれたおかみさんは、用事があり、ついさっき家を出たところだ。

　ただ、奥の台所では、たぶんお弟子さんだろうが、立ち働く物音がして、何とも言えないいにおいが漂っていた。お節料理でも作っているのだろうか。

「そこまではすぐに判明しましたが、肝心の学君が完全黙秘の最中なんです。まだ若いが、なかなか強情でしてね。そのため、日記に出てくる『山田』という名の人物が何者なのか、まだわかっていません。

　これに関しては、署に呼んだ母親も一切答えないんですよ。というより、小林琴美はしたたかで、自分に不倫相手がいることさえまだ認めていません。まあ、今回の事件とは直接関わりのない部分ですが、もしかすると、彼女には浮気の相手が河野一郎太以外にもう一人いたのかと――」

「平林さん、ちょいとお待ち。それ、真面目に言ってるのかい」

正蔵師匠が眼を見張る。どうやら、本気で驚いているらしい。

「神楽坂署が誇る気鋭・俊英が寄り集まって、そんな簡単なことが……ははあ、わかった。お前さん方、漫画てえものを読まないね」

一方的に決めつけられた平林は、何だか狐につままれたような顔になり、

「漫画、ですか。面目ありません。確かに、私も同僚もあまり読みませんが……」

「水島新司《みずしましんじ》てえ人が描いた人気漫画の主人公を知らないかい」

「あっ……！　わかりました。『ドカベン』ですね。なるほどぉ。あの山田だったのか」

優子が叫んだ。『ドカベン』は週刊少年チャンピオンで連載されている人気漫画で、三年前からはアニメ版も始まっている。山田太郎《たろう》は物語の舞台となる明訓《めいくん》高校野球部の捕手という設定だ。

「ですが、たぶん日記に出てくる『山田』は、漫画ではなく、師匠もご贔屓だと伺った浪商の彼の方だと思います。香川選手は『ドカベン』はもちろん、『山田太郎』と呼ばれることも多いので、そこからつけたあだ名でしょうね。香川選手にとってはとんだ迷惑ですが……まあ、確かに体形や顔立ちが河野一郎太とよく似ています」

香川伸行《のぶゆき》選手は野球の名門・浪商高等学校のキャッチャーで、甲子園大会に三度出場し、通算五ホームランという記録を残している。

「ほほう。やるもんだなあ。お前さんの方が、俺よりもよっぽど世情に通じている」

平林が珍しくほめてくれた。しかも、どうやら本心らしい。

「いえいえ。たまたま、知っていただけですよ。私なんて、全然……」

言葉が急にとぎれたのは、すぐ外で犬の鳴き声がしたから。はっとして玄関を見ると、光琳蔦の暖簾を跳ね上げ、背の高いお弟子さんが入ってきた。

そして、彼の右手には鎖、その先には茶色の首輪をした黒柴が……。

「あっ！　クロ子……いや、クロちゃん。でも、どうして、ここに？」

驚きのあまり立ち上がり、振り返ると、正蔵師匠がそんな優子を見て、にっこり笑い、

「いや、何ね、飼い主が鉄格子の奥へ行っちまったから、犬もさぞや心細いだろうと思って、しばらく預かることにしたんだよ。あたしももう年だから、ずっとは飼えないけど、うちはお客が多いから、中には鴻池の番頭みてえにほしがるやつが出るだろうと思ってさ」

「そうでしたか。私も心配していましたが、まさか師匠に引き取られていたとは……」

思わず近づいて、子犬を抱き上げる。すると、黒柴は喜んで尻尾を振り、赤い舌を出し

て、優子の頬をなめ始めた。

（クロちゃん。今度は、何とか命を救ってあげることができたね。よかった。本当に……よかった）

　涙がぐっと込み上げてきたが、顔がくすぐったいので、泣き笑いに近い状態になる。

「その犬の件で、師匠に手を挙げていただき、本当に助かりましたが」

　部屋の中を見渡しながら、平林が言った。

「ただ、お宅には黒兵衛君がいますよね。猫と犬を一緒にすると、喧嘩になるのでは……」

「なあに。案ずるより産むが易しさ。あははは。今、黒兵衛は近所をパトロール中だけど、見てるとおもしろいよ」

　平林の心配を、正蔵師匠は笑い飛ばす。

「猫も手前《てめえ》の方が古株だと、物怖《ものお》じなんかしやしねえ。ちょいと背中を立ててると、犬の方で最敬礼さ。まあ、結構仲よくしてるから、安心して……ああ、そうだ。このにおいで思い出したが、牛《ぎゅう》の筋を煮てるんだよ。うちの元日の名物なんだ。一昨日から練炭の火で、酒をたっぷり入れてね。ちょうど今、煮上がったところだから、味見してらっしゃいな。ただし、まだネギと焼き豆腐が入らねえから、牛飯《ぎゅうめし》にはできないけど」

いい香りの正体は牛の筋肉《すじにく》だったらしい。二日間煮込んだのなら、さぞおいしいだろう。頭の隅でそんなことを考えながら、優子はなおも子犬の背中をなで続けた。

あとがき

『高座のホームズ』から始まるシリーズの第五弾を書くつもりだったのですが、何だか、おかしなことになってしまいました。

ずっと以前から警察小説を書いてみたいという気持ちがありましたが、自分には向いていないと思い、諦めていました。『でも、探偵役は引き続き八代目正蔵師匠にお願いして、視点を噺家から刑事へ移せば、何とかなりはしないか』……そんな大それた考えが頭に浮かんできたのです。

そして、試行錯誤の結果、でき上がったのが今回の作品です。カバーの紹介文には『警察小説』と書かれていて、それも間違いとは言えないでしょうが、私が意図したのはあくまでも『警察小説風の本格ミステリー』。とはいうものの、前作までとは明らかに趣が異なりますので、ここに新シリーズの開幕を宣言させていただきます。

『落語刑事サダキチ』というシリーズ名については、田中啓文さんの『落語少年サダキチ』（福音館書店）という優れたシリーズがすでに存在しているので、何だか向こうを張るようで気が差しましたが、読者層が重ならないことは明らかですし、落語の世界における小僧・定吉の存在感の大きさを考えると許容範囲かなとも思い、そう名乗らせていただくことにしました。

今年は八代目林家正蔵（晩年に彦六《ひころく》と改名）師匠の没後四十年にあたるそうで、七月には同じ中公文庫から『八代目正蔵戦中日記』（瀧口雅仁編）も出版されました。本来であれば、昭和の時代を代表する名人を私のような者が作中に探偵役として登場させるのは恐れ多いのですが、ご遺族のご厚意でそれが実現できたという幸せを嚙みしめながら、今後も大切に書き続けていきたいと考えています。

本書の制作にあたり、前作までと同様、監修を担当していただいた林家正雀師匠、素晴らしいカバー画を描いてくださった伊野孝行さん、カバーデザインを担当された next door design の岡本歌織さん、そして、中央公論新社の三浦由香子さんに大変お世話になりました。

また、お忙しい中、帯に推薦の言葉をくださった辻真先先生に心より感謝申し上げます。今年、卒寿を記念する傑作を刊行され、さらに現在新作を執筆中と伺い、さすがに仰天しました。先生とはまったく比べ物になりませんが、私も地道に努力だけは続けていこうと考えております。本当にありがとうございました。

なお、同じ中央公論新社から私の神田紅梅亭寄席物帳シリーズ『道具屋殺人事件』『芝浜謎噺』が刊行されておりますので、そちらも合わせてお読みいただければ幸いです。

最後に、この物語は一部実在の人物が登場するものの、内容はすべてフィクションであり、特定の個人・団体等とは一切関係のないことをおことわりいたします。

愛川　晶

参考文献

『林家正蔵集 上巻』『林家正蔵集 下巻』 八代目林家正蔵　青蛙房
『古典・新作落語事典』 瀧口雅仁　丸善出版
『落語大百科』 第一巻〜第五巻　川戸貞吉　冬青社
『師匠の懐中時計』 林家正雀　うなぎ書房
『彦六覚え帳』 林家正雀　うなぎ書房
『前科18犯田岡源紹　盗み方のすべて』 田岡源紹　データハウス
『今だから話せる泥棒日記』 青木一成　ＫＫベストブック
『放火犯が笑ってる』 木下慎次　イカロス出版
『泥棒刑事』 小川泰平　宝島社新書

解説

谷原秋桜子

まずは簡単に自己紹介をさせていただきます。私、谷原秋桜子は二〇〇一年に『天使が開けた密室』（創元推理文庫）でデビューし、これを含めて六冊の単著がありますが、昨年十一月、愛川晶さんとの合作で『教え子殺し　倉西美波最後の事件』（原書房）を刊行し、それがご縁で今回、解説を担当させていただくことになりました。

最初に宣伝というのはまことに心苦しいのですが、『教え子殺し』は『天使が開けた密室』から始まるシリーズの完結編であると同時に、単独の本格ミステリーとしても充分に楽しめる作品に仕上がっておりますので、どうか手に取っていただければ幸いです。

愛川晶の落語ミステリーの全貌については、『高座のホームズみたび』の中で西上《にしがみ》心太《しんた》氏が詳細に述べていらっしゃいますので、そちらをご覧いただきたいと思いますが、『神田紅梅亭寄席物帳シリーズ』『神楽坂謎噺シリーズ』『高座のホームズ・昭和稲荷町らくご探偵シリーズ』を合わせて、これまでに発表された作品の数は十三。したがって、本書で十四作めということになります。

『落とし噺』とも呼ばれる落語とミステリーはもともと親和性が高く、ほかに手がける作家が何人もいます。その中で、まあ、質に関してはさまざまな意見があるでしょうが、量については間違いなく第一人者と言っていいと思います。

そして、これらの作品の大きな特徴は、前述した解説の中で西上氏も指摘している通り、シリーズ同士がそれぞれリンクし、大きな広がりをもった一つの世界が構築されていることです。

例えば、本作に登場する山桜亭《さんおうてい》馬八は『神田紅梅亭寄席物帳シリーズ』で探偵役を務める山桜亭馬《ば》春《しゅん》の若い日の姿ですし、神楽坂倶楽部の若旦那・岸本寅市《きしもととらいち》は『神楽坂謎噺シリーズ』ではちゃんと席亭に就任しています。そのあたりを意識した上で読み進めていくと、より楽しめるのではないでしょうか。

そして、もう一つ。ぜひ触れておかなければならないのは、愛川作品から派生し、頻繁に寄席や落語会で口演されている一席が存在する点です。古典落語の『野ざらし』は落語ファンにはおなじみの噺ですが、明治期の改作に若干問題があり、近年では途中の釣りをしている場面で切る例がほとんどでした。

神田紅梅亭シリーズ第二作『芝浜謎噺』所収の「野ざらし死体遺棄事件」では、この噺に独自の後半部分をつけ加えるという無謀とも言える挑戦が行われましたが、それが同書で解説を担当した五代目柳家《やなぎや》小《こ》せん師匠のお眼鏡に適い、師匠の十八番《おはこ》の一つになっただけでなく、そこから橘《たちばな》家《や》文吾《ぶんご》、柳家あお馬《ば》という若手の俊英二人へと伝えられ、くり返し高座にかけられてきました。

　優れた新作落語はたくさんありますが、小説の中で主人公が演じた改作がこのような形で残り、広がった例は珍しく、これも愛川晶の落語愛の、まさに賜物だと思います。

　前置きが長くなってしまいましたが、いよいよ本作『神楽坂の赤犬』について。高座のホームズシリーズは探偵役と数人の関係者だけが共通で、基本的にはそれぞれ独立した物語でしたが、今回からは重要なシリーズキャラクターが二人登場しました。熱狂的な落語ファンでさまざまな伝説をもつ神楽坂署刑事課員・平林《ひらばやし》定吉《さだきち》と、彼の後輩である新米刑事の三崎《みさき》優子《ゆうこ》。それに伴い、視点人物もこれまでの落語家から刑事に変わったので、落語好きだけでなく、警察小説の愛好者にとっても楽しめる内容になったと思います。

　まず最初の「放免祝い」では、神楽坂署管内で起きた昏睡強盗事件の捜査の経緯が平林の視点でリアルに語られ……たかと思ったら、そこから一転、刑務所から出たばかりの泥棒が恩人であるはずの落語家の浮気を心ならずも暴くことになり、妻との間でドタバタの痴話喧嘩が発生。一見無関係と思われる二つの事件を、探偵役の正蔵師匠がまとめて鮮やかに解き明かします。

二本めの「身投げ屋もどき」では、視点が優子に変わり、自身の生い立ちや婦人警官になった動機、さらに、これまでは不明だった平林の署内での評価が明かされたりするのも、とても興味深いです。

事件は、神楽坂下で起きた落語家と正体不明の相手との喧嘩が発端で、その場に残された大金入りのバッグが思わぬ波紋を広げていきます。「三方一両損」「火事息子」「芝浜」「双蝶々《ふたつちょうちょう》」、そして、「身投げ屋」とさまざまな噺が登場するのも、落語が好きな方にはたまらないでしょう。

そして、最後の「神楽坂の赤犬」では、平林と優子が交互に視点人物を務め、さらに、途中に何カ所か謎の告白手記が挿入されるという複雑な構成になっています。「赤犬」は捜査用語で放火を指し、強行犯担当の平林は連続放火事件の犯人に翻弄され、手がかりをつかめぬまま苦悩しますが、ある時点で突然笑顔になり、優子に向かって、「目星がついた」と宣言します。高座のホームズばりの大活躍なのですが、ラストでさらにその上を行った正蔵師匠の推理はさすがと言うほかありません。

今回が初登場となる三崎優子は長身で美形でありながら、なぜか金太郎ばりのおかっぱ頭。柔道の猛者《もさ》で記憶力抜群なのに、どこか天然で人づき合いが苦手という愛すべきキャラクターですが、通して読んでみると、この一冊の中だけでも成長の足跡を確実に見て取ることができ、今後の活躍が本当に楽しみです。

最後に手前味噌のようで恐縮ですが、寄席芸人が活躍するミステリーなら、実は私もいくつか書いています。『手焼き煎餅の密室』（創元推理文庫）に収められている「手焼き煎餅の密室」や『鏡の迷宮、白い蝶』（創元推理文庫）の「失せ物は丼」は純然たる落語ミステリーですし、『鏡の迷宮、白い蝶』の中の「子蝶の夢」は、現在では珍しくなった手妻《てづま》の芸人が主人公です。

ただ、ちょっと不思議なことがありまして……これらの作品で重要な役割を果たすのが、名人の誉れが高かった五代目浅草亭東橋《せんそうていとうきょう》の未亡人・立花梅《たちばなうめ》です。

「浅草亭東橋」は、現在は絶えているものの、実在する江戸落語の名跡で、『神田紅梅亭シリーズ』や『高座のホームズシリーズ』にもちょくちょく顔を出します。したがって、誰が作中に登場させようともちろん自由なのですが、一九七九年を舞台にした『高座のホームズ』の一八九頁には、当時まだ健在だった五代目東橋師匠のおかみさんの名が立花梅だとはっきり書かれています。

もしお時間がありましたら、各シリーズを比較検討していただくと、同様の点がたくさん見つかるでしょう。もしかすると、愛川晶の落語ワールドは読者の皆様の想像を超えた広がりを、すでにもっているのかもしれません。

（たにはら・しょうこ　作家）

本書は書き下ろし作品です

中公文庫

落《らく》語《ご》刑《けい》事《じ》サダキチ
——神楽坂《かぐらざか》の赤犬《あかいぬ》

2022年 8 月25日　初版発行

著　者　愛《あい》　川《かわ》　晶《あきら》

発行者　安 部 順 一

発行所　中央公論新社
〒100-8152　東京都千代田区大手町 1-7-1
電話　販売 03-5299-1730　編集 03-5299-1890
URL https://www.chuko.co.jp/

ＤＴＰ　嵐下英治
印　刷　三晃印刷
製　本　小泉製本

Published by CHUOKORON-SHINSHA, INC.
Printed in Japan　ISBN978-4-12-207240-4 C1193

各書目の下段の数字はISBNコードです。978－4－12が省略してあります。

中公文庫既刊より

あ-79-2
高座のホームズ 昭和稲荷町らくご探偵
愛川晶
昭和五〇年代、稲荷町の落語長屋。噺家連中が持ち込む謎の数々を解き明かすのは、八代目林家正蔵（のちの彦六）⁉ 名人の推理が光る洒脱な落語ミステリー。
206558-1

あ-79-3
黄金餅《こがねもち》殺人事件 昭和稲荷町らくご探偵
愛川晶
古典落語の名作「黄金餅」を彷彿とさせる怪事件が雪の東京で発生した！ 落語界の大看板にして名探偵・八代目林家正蔵が謎に挑む痛快落語ミステリー第二弾！
206645-8

あ-79-5
高座のホームズみたび 昭和稲荷町らくご探偵
愛川晶
「犬の目」を口演中の二つ目・佃家花蔵が酔客に左眼を殴打され、次いで花蔵の兄弟子・傳朝が暴漢に襲われる。八代目林家正蔵の推理は⁉〈解説〉西上心太
206775-2

あ-79-7
芝浜の天女 高座のホームズ
愛川晶
天女のように美しい妻の秘密とは？ 女に金に、芸の道に悩める噺家たちが今日も探偵・林家正蔵の長屋へやってくる。落語ミステリー第四弾。〈解説〉広瀬和生
206903-9

あ-79-4
道具屋殺人事件 神田紅梅亭寄席物帳
愛川晶
真打ちを目指し、日々修業に励む二つ目・寿笑亭福の助の周辺で次々と謎の怪事件が勃発！ 〝落語ミステリ〟の異才が放つ珠玉の三編。〈解説〉宇田川拓也
206722-6

あ-79-6
芝浜謎噺 神田紅梅亭寄席物帳
愛川晶
二つ目・寿笑亭福の助の元弟子が『芝浜』の稽古をつけてほしいと泣きついてきた。口演が難しい人情噺に拘るのには深い事情が。異色の落語ミステリ三篇。
206808-7

い-137-1
本牧亭の灯は消えず 席亭・石井英子一代記
石井英子
講談定席として多くの芸人が集った本牧亭。その席亭として昭和の演芸界を支えた「おかみさん」が語る、笑いあり涙ありの一代記。〈巻末対談〉宝井琴調・神田伯山
207122-3

お-82-4
江戸落語事始 たらふくつるてん 奥山景布子

口下手の甲斐性なしが江戸落語の始祖⁉ 殺人の濡れ衣や綱吉の圧制に抗いながら、決死で〝笑い〟を究めた咄家・鹿野武左衛門の一代記。〈解説〉松尾貴史

207014-1

お-82-5
圓 朝 奥山景布子

「怪談牡丹灯籠」を生んだ近代落語の祖・三遊亭圓朝。師匠や弟子に裏切られる壮絶な芸道を歩み、人々に愛される怪物となった不屈の一代記。〈解説〉中江有里

207147-6

か-92-1
桂馬の高跳び 坊っちゃん講釈師一代記 神田山陽(二代目)

明治生まれの若旦那、張り扇片手に芸の道へ。講談を愛し、講談に尽くした「革命家」二代目神田山陽の痛快な一代記。孫弟子・六代目神田伯山による解説収録。

207002-8

た-56-1
新釈落語咄 立川談志

古典落語の真髄を現代訳した〝家元〟談志の落語論。「粗忽長屋」から「妾馬」まで珠玉の二十篇に新たに光が当てられ、いま蘇る。〈解説〉爆笑問題・太田光

203419-8

た-56-3
酔人・田辺茂一伝 立川談志

若き談志が「人生の師」と慕った紀伊國屋書店創業者・田辺茂一。ともに遊んだ昭和のネオン街と華やかな交友関係を振り返る漫談風エッセイ。〈解説〉高田文夫

207127-8

た-56-4
作家と家元 立川談志

吉行淳之介、色川武大、石原慎太郎、伊集院静——三十代から晩年まで、天才落語家が夜ごと語り合った六人の作家との対談、エッセイを収録。文庫オリジナル。

207141-4

た-56-5
談志受け咄 家元を笑わせた男たち 立川談志

任俠・落田八郎、歌手・ジミー時田、そして毒蝮三太夫。人生の師匠に捧げた『酔人・田辺茂一伝』に続く、破天荒な男たちとの友情物語。〈解説〉毒蝮三太夫

207199-5

お-78-1
三浦老人昔話 岡本綺堂読物集一 岡本綺堂

死んでもいいから背中に刺青を入れてくれと懇願する若者、置いてけ堀の怪談——岡っ引き半七の友人、三浦老人が語る奇譚の数々。〈解題〉千葉俊二

205660-2

各書目の下段の数字はISBNコードです。978－4－12が省略してあります。

お-78-2
青《せい》蛙《あ》堂《どう》鬼《き》談《だん》 岡本綺堂読物集二　岡本綺堂

夜ごと人間の血を舐る一本足の美女、蝦蟇に祈禱をするうら若き妻、夜店で買った猿の面をめぐる怪異――暗闇に蠢く幽鬼と妖魔の物語。〈解題〉千葉俊二

205710-4

お-78-3
近代異妖篇 岡本綺堂読物集三　岡本綺堂

人をひとり殺してきたと告白する藝妓のはなし、影を踏まれるのを怖がる娘のはなしなど、江戸から大正期にかけてのふしぎな話を集めた。〈解題〉千葉俊二

205781-4

お-78-4
探偵夜話 岡本綺堂読物集四　岡本綺堂

死んだ筈の将校が生き返った話、山窩の娘の抱いた哀切な秘密、駆落ち相手を残して変死した男の話など、探偵趣味の横溢する奇譚集。〈解題〉千葉俊二

205856-9

お-78-5
今古探偵十話 岡本綺堂読物集五　岡本綺堂

中国を舞台にした義侠心あふれる美貌の女傑の話、新聞記事に心をさいなまれてゆく娘の悲劇「慈悲心鳥」など、好評「探偵夜話」の続篇。〈解題〉千葉俊二

205968-9

お-78-6
異妖新篇 岡本綺堂読物集六　岡本綺堂

貉《むじな》や河獺《かわうそ》など、近代化がすすむ日本の暗闇にとり残された生き物や道具を媒介に、異界と交わるものたちを描いた「近代異妖篇」の続篇。〈解題〉千葉俊二

206539-0

お-78-7
怪　獣 岡本綺堂読物集七　岡本綺堂

自分の裸体の写し絵を取り戻してくれと泣く娘の話、美しい娘に化けた狐に取り憑かれる歌舞伎役者の話など、綺堂自身が編んだ短篇集最終巻。〈解題〉千葉俊二

206649-6

お-78-8
玉藻の前　岡本綺堂

「殺生石伝説」を下敷きにした長編伝奇小説。平安朝、金毛九尾の妖狐に憑かれた美少女と、幼なじみの陰陽師の悲恋。短篇「狐武者」を収載。〈解題〉千葉俊二

206733-2

し-15-10
新選組始末記 新選組三部作　子母澤寛

史実と巷談を現地踏査によって再構成した不朽の実録。新選組研究の古典として定評のある、子母澤寛作品の原点となった記念作。〈解説〉尾崎秀樹

202758-9

し-15-11
新選組遺聞 新選組三部作
子母澤 寛
新選組三部作の第二作。永倉新八・八木為三郎・近藤勇五郎など、ゆかりの古老たちの生々しい見聞や日記で綴った、新選組逸聞集。〈解説〉尾崎秀樹
202782-4

し-15-12
新選組物語 新選組三部作
子母澤 寛
「人斬り鍬次郎」「隊中美男五人衆」など隊士の実相を綴った表題作の他、近藤の最期を描いた「流山の朝」を収載。新選組三部作完結。〈解説〉尾崎秀樹
202795-4

し-15-15
味覚極楽
子母澤 寛
〝味に値無し〟——明治・大正のよき時代を生きた粋人たちが、さりげなく味覚に託して語る人生の深奥を聞き書き名人でもあった著者が綴る。〈解説〉尾崎秀樹
204462-3

し-15-16
幕末奇談
子母澤 寛
新選組が活躍する幕末期を研究した「幕末研究」と番町皿屋敷伝説の真実など古老の話を丹念に拾い集めた「露宿洞雑筆」の二部からなる随筆集。
205893-4

し-15-18
愛猿記
子母澤 寛
誰にもなつかないと評判の猛猿が不思議と著者にはたちまちなついた。三匹にわたって飼い継いだ猿との哀歓の日々。〈解説〉網淵謙錠〈巻末エッセイ〉土門 拳
207046-2

と-28-2
夢声戦中日記
徳川夢声
花形弁士から映画俳優に転じ、子役時代の高峰秀子らと共演した名優が、真珠湾攻撃から東京大空襲に到る三年半の日々を克明に綴った記録。〈解説〉濵田研吾
206154-5

な-73-1
麻《あざ》布《ぶ》襍《ざっ》記《き》 附・自選荷風百句
永井荷風
東京・麻布の偏奇館で執筆した小説「雨瀟瀟」「雪解」、随筆「花火」「偏奇館漫録」等を収める抒情的散文集。初の文庫化。〈巻末エッセイ〉須賀敦子
206615-1

な-73-2
葛飾土産
永井荷風
石川淳が「戦後はただこの一篇」と評した表題作ほか、短篇・戯曲・随筆を収めた戦後最初の作品集。久保田万太郎の同名戯曲、石川淳「敗荷落日」を併録。
206715-8

各書目の下段の数字はISBNコードです。978-4-12が省略してあります。

な-73-3
鷗外先生 荷風随筆集
永井荷風
師・森鷗外、足繁く通った向島・浅草をめぐる文章と、自伝的作品を併せた文庫オリジナル編集。巻末に谷崎潤一郎、正宗白鳥の批評を付す。〈解説〉森まゆみ
206800-1

な-73-4
小説集 吉原の面影
永井荷風／樋口一葉／広津柳浪／泉鏡花
荷風に誘われて遊里をゆく。永井荷風「里の今昔」、樋口一葉「たけくらべ」、広津柳浪「今戸心中」、泉鏡花「註文帳」を収録。文庫オリジナル。〈解説〉川本三郎
206936-7

み-27-1
江戸吉原図《ず》聚《しゅう》
三谷一馬
江戸風俗画の模写に打ち込んできた著者が、吉原を描いた二五〇余点の絵画資料を精確に復元。今は失われた吉原の全貌を鮮やかに甦らせる画期的労作。
201882-2

み-27-2
江戸商売図絵
三谷一馬
江戸に生き、この大都市の繁栄を支えてきた人々の生業の数々を、当時の絵画資料より精確に復元。庶民の生活の息吹までも生き生きと再現する労作。
202226-3

み-27-3
彩色江戸物売図絵
三谷一馬
独特の売り声と服装で江戸の町を往き来した物売り百五十姿を、当時の絵画資料をもとにオールカラーで再現。庶民の哀歓までも伝える入魂の労作。
202564-6

み-27-4
江戸年中行事図聚
三谷一馬
元旦の「若水」「屠蘇」から歳末の「才蔵市」「大晦日の狐火」まで、絵画資料約一八〇点を精確に模写し、今は失われた江戸年中行事の数々を再現する。
203042-8

み-27-5
江戸職人図聚
三谷一馬
町人に親しまれた職人の風俗その他を錦絵、版画及び草双紙、人情本等の挿絵から復元した作品二百点余。江戸後期の庶民生活を知る上での貴重な資料。
203948-3

み-27-8
江戸看板図聚
三谷一馬
江戸風俗画研究の大家が広範な資料をもとに精確に復元した看板画、総図版点数千余点。江戸庶民の頓知と洒落、数々の意匠がいきいきとよみがえる。
206295-5